罗尔德·达尔
ROALD DAHL

亨利·休格的神奇故事

[英] 罗尔德·达尔/著

徐　朴/译

明天出版社

图书在版编目（CIP）数据

亨利·休格的神奇故事/[英] 达尔（Dahl,R.）著;徐朴译.-济南:明天出版社,
2014.4（2019.7 重印）
（罗尔德·达尔作品典藏）
ISBN 978-7-5332-7884-7

Ⅰ.①亨… Ⅱ.①达… ②徐… Ⅲ.儿童文学-中
篇小说-小说集-英国-现代②儿童文学-短篇小说-小
说集-英国-现代 Ⅳ.①I561.84

中国版本图书馆 CIP 数据核字（2014）第 051740 号

责任编辑：孟凡明
美术编辑：武岩群
插图作者：金　马

亨利·休格的神奇故事　罗尔德·达尔作品典藏

[英] 罗尔德·达尔/著　徐　朴/译

出版人/傅大伟
出版发行/山东出版传媒股份有限公司
　　　　明天出版社
地址/山东省济南市市中区万寿路 19 号

http://www.sdpress.com.cn　http://www.tomorrowpub.com
经销/各地新华书店　　　　印刷/肥城新华印刷有限公司
版次/2014 年 4 月第 1 版　印次/2019 年 7 月第 22 次印刷
规格/148 毫米×202 毫米　32 开　印张/9　千字/134
ISBN 978-7-5332-7884-7　　定价：22.00 元
山东省著作权合同登记号：图字 15-2013-60 号

如有印装质量问题，请与出版社联系调换。　电话：(0531) 82098710

前　言

　　这是七篇中短篇小说辑成的集子。按作者的界定，其中两篇是纪实类故事，因为属于真人真事，它们是《小菜一碟》和《密尔顿豪尔的宝藏》。这一界定我们且不去管它。罗尔德·达尔是作为童话作家出名的，他的《查理和巧克力工厂》和《了不起的狐狸爸爸》在中国极富盛名。他是多产的童话作家，小说却不多，最有名的就是《独闯天下》和《亨利·休格的神奇故事》（原名《赌城侠影》）。

　　他的小说虽没有明说是写给少年儿童看的，但少年儿童往往爱不释手。这是作者特别会讲故事的缘故。一件看似平常的事，经他发掘切入点，凭他的想象力加以渲染，再补充他所积累的生动细节，便成了生动活泼、娓娓动听的故事。这些故事也同样吸引成人读者。我们可以说，作者对当代少年儿童广泛的兴趣有强烈的感受，他有意拓宽少年儿童文学的题材，让他们知道更多事情，甚至是过去忌讳让他们知道的事情。比如《搭车人》里边写一个撬手；《亨利·休格的神奇故事》里也有许多过去认为不宜让他们知道的事情。《亨利·休格的神奇故事》整个故事当然是虚构出来的，但罗尔德·达尔使读者深信不疑：瑜伽功能使莫哈特不用眼睛就能看到东西，能在熊熊燃烧的火沟里走路，能让亨利透视纸牌，靠二十年赌场赢来的钱建立起二十一个孤儿院。但我们从这个传奇色彩浓郁的故事中得到的远远不只是神秘和兴奋，它还引我们深思：一个百无聊赖的纨绔子弟为什么会有这么执着的追求？他原来自私自利，光顾享乐，为什么后来竟成了赌场的侠客，赢来的大笔钞票从来不挪作私用？罗尔德·达尔从来不板起脸说教，但他的作品总能引起读者深思，让读者在深思中不知不觉得到教益。

罗尔德·达尔中学毕业以后独闯非洲，在一家石油公司当职员，英德开战以后，他当了英国空军。他从小作文成绩平平，得到的评语有时十分糟糕，他从来没有过当作家的念头。1941年，他受伤回国，后调任英国驻美大使馆空军武官助理。人家要他写一篇有关希腊空战的文章，他勉为其难写了一篇《小菜一碟》，结果很受欢迎。他惊奇地发现自己很有讲故事的才能，于是开始走上文学创作的道路。

我很早就对罗尔德·达尔的作品感兴趣，但我当时没有什么名气，不是想翻译什么书就能翻译的，因此我跟罗尔德·达尔的童话作品无缘。1994年我才在《巨人》杂志上发表《亨利·休格的神奇故事》和《与动物交谈的男孩》，2009年才翻译出版《独闯天下》。

译者　徐朴

目　录

1　与动物交谈的男孩

　　不久以前，我决定到西印度群岛去消磨几天。我准备到那儿去度一个短短的假期。朋友们告诉我那个地方妙不可言。他们说我可以整天懒懒散散，在银色的沙滩上晒晒太阳，在暖洋洋的蓝色海水里游游泳。

　　我选择了牙买加，就直接从伦敦飞到了金斯敦。从金斯敦驱车前往北海岸的旅馆，花了我两个小时。岛上到处都是崇山峻岭，山上覆盖着郁郁葱葱、树根盘绕的森林。开出租车的牙买加大汉告诉我山上的森林里住着一些凶残的土著部落，至今盛行着巫术、巫医和邪魔的仪式。"千万别上那些山岭里去，"他转动着眼珠子说，"那里碰上的一些事情，可以使你的头发转眼间变白！"

　　"什么样的事情？"我问他。

　　"你最好别问，"他说，"甚至谈到它也有害无益。"在这个话题上他谈到的也仅此而已。

　　我的旅馆坐落在一片珍珠般的海滩边上，周围的环境比我过去想象的还要美丽。但我刚一踏入前面那几扇敞开

的大门，就感到不舒服。这是毫无理由的。我看不出有什么不对头。但是这种感觉确实存在，而且无法摆脱。这个地方有某种离奇古怪的不祥之兆。尽管所有的一切都显得很可爱、很豪华，但我总觉得充斥着一种危险的气息，就像有毒的气体一样飘浮在空中。

而且我也吃不准是否仅是旅馆给我这种感觉。整个岛上，这些山，这些森林，这些海岸线上的黑岩石，这些像瀑布般倒挂着绯红色夺目花朵的树木，以及许许多多其他东西，都使我的皮肤感到不舒服。有些邪恶的东西潜伏在这个岛的表面下，我的骨髓里也能感觉到它们。

我在旅馆的房间有个小小的阳台，从阳台上我可以直接走到下面的海滩上去。海滩周围长满了高大的椰子树，每隔一会儿就有一个巨大的绿色椰子，像足球一样大小，从空中掉下来，砰然有声地掉在沙地上。在一棵椰子树下闲逛显然是不明智的，因为万一这种东西掉在你的头上，非砸碎你的脑壳不可。

替我打扫房间的牙买加姑娘告诉我，两个月以前一个名叫华塞曼先生的美国富翁就是这样丢掉性命的。

"你在说笑话。"我对她说。

"不是说笑话，"她大声说，"才不呢！这件事是我亲眼目睹的！"

"但是报纸上怎么没见过这条轰动的新闻呢？"我问。

"他们隐瞒了呗，"她不高兴地回答道，"旅馆里的人隐瞒它，新闻记者也隐瞒它，因为它对旅游业很不利。"

"你说你真的看见了事情的经过？"

"我真的看见了全过程，"她说，"华塞曼先生就站在海滩那边的那棵树下。他拿起照相机对准了日落准备拍。那是傍晚红色的日落，非常漂亮。这时突然一大颗绿色的椰子掉下来，正好砸在他的秃顶上，砰的一下。"她有声有色添上一句，继续说道："这就是华塞曼先生最后一次看到的日落。"

"你的意思是说他当场就死啦？"

"当场不当场我不知道，"她说，"我记得第二件发生的事情是照相机从他手上掉下来，掉在沙地上。然后他的胳臂垂下来，耷拉在身体的两侧。接下来他的身体开始摇摆。他就这么轻轻地摇来摇去摇了几下，我站在那儿看着他，肚子里在说，那个可怜的人被砸得晕头晕脑，随时都会昏过去的。接着他很慢很慢跪了下来，仆倒在地。"

"他死了吗？"

"死定了。"她说。

"天哪！"

"对了，"她说，"有微风在吹的时候，站在一棵椰子树下总难免吃亏。"

"谢谢。"我说，"我会记得的。"

第二天傍晚我坐在我的小阳台上，膝头上放着一本书，手里拿一只高脚玻璃杯，里面是掺酒的饮料。我并没有在看书。我正在看一只绿色的小蜥蜴，它秘密地向阳台上的另一只绿色的小蜥蜴移近，在离我大约六英尺的地方。它从后面靠近另一只蜥蜴，移动得非常缓慢、非常小心，当走到够得到的地方时，它急速地轻轻吐出它的长舌头，碰了碰另一只蜥蜴的尾巴。另一只一跳转过身来，两只蜥蜴一动不动面对面贴在地上，蹲着互相打量，非常紧张。接着突然间，它们开始一起做一些小小跳跃起舞的动作，非常滑稽可笑。随即它们腾空跃起，跃向后，跃向前，跃向两旁。它们像两个拳击手似的转着圈，一直在弹跳、腾跃和起舞。这是值得一看的怪事，我猜它们正在进行某种求爱的仪式。我保持静止不动，等着看下面会发生什么事情。

　　但是我没能看到下文，因为正在这时，我意识到外面的海滩上发生了极大的骚动。我远望过去，只见有一群人簇拥在水边的什么东西周围。那里有一条窄窄的独木渔船被拉到了附近的沙滩上，我猜那个渔夫运来了许多鱼，人群正在围观这些鱼。

　　拉网捕鱼一向是我为之入迷的事，我就把书放在一边站了起来。越来越多的人成群结队走下旅馆的阳台，匆匆赶到海滩上去加入水边围观的行列。那些男人都穿着那种长及膝盖的百慕大短裤，样子很不雅。他们的衬衫也使人心烦气躁，不是粉红和橘黄相间，便是你能想象到的其他不调和的颜色凑在一起。妇女们的穿着品位较高，大多数都穿着漂亮的棉织品连衣裙。几乎人人手里都拿着饮料。

　　我抄起自己的饮料，从阳台上踏到下面的海滩上去。我绕过华塞曼丢掉性命的那棵椰子树，漫步穿过银色的沙地，加入了围观的人群。

　　但是他们正在观看的并不是网来的鱼。那是仰面朝天躺在沙地上的一只海龟。但那是一只什么样的海龟呀！它是一个庞然大物，简直跟猛犸不相上下！我从没有想到过一只海龟能有这么大。我怎么来描写它的大小呢？我想，要是它站立在平地上，一个高个儿坐在它背上，两只脚不

一定碰得到地面。它可能有五英尺长、四英尺宽，高高的弧形龟壳十分美丽。

捉住它的渔夫把它翻了个儿，阻止它逃跑。它的硬壳中部还系着一根粗大的绳子。那个洋洋得意的渔夫又瘦又黑，光着身子，只系着一块小小的缠腰布，双手牵着绳头，站在几步开外。

这个庞然大物仰面朝天躺在那儿，拼命地在空中舞动它的四只粗壮的鳍脚。它那长长的起皱的脖子伸出龟壳一大截。它的鳍脚上有着又大又尖的爪子。

"请往后站，太太们先生们！"那渔夫叫道，"站得远点！那些爪子很危险，伙计！它能把你的胳膊鲜血淋淋地从你身上撕下来！"

旅馆里的客人们看到这个怪物又兴奋又高兴。十几架照相机在咔嚓咔嚓。许多妇女快活地尖叫着，紧紧地抓住了男人的胳膊，男人们则大声发表一些傻话，以显示他们的无畏和男子气概。

"用它的壳替你自己做一副漂亮的角质框的眼镜架怎么样？"

"妈的，这家伙一定有一吨多重！"

"你说这家伙真的能在海里浮游？"

"当然能浮游。它还是一个了不起的游泳家呢！它掀翻一条船轻而易举。"

"它是啮龟吗？"

"那不是啮龟，啮龟长不了那么大。可我跟你说，你要是跟它靠得太近，它很快就会咬断你的手臂。"

"是真的吗？"有个女人问渔夫，"它会咬断人的手吗？"

"它会一下就咬断的，"渔夫笑着，露出闪闪发亮的白牙说，"它在海洋里不会伤害你，不过你捉住它，把它拉上岸，像这样把它翻个个儿，那么随便什么人最好小心点儿！它只要够得着，见什么咬什么！"

"我看我要是处在它这种情形下，我也会乱咬一气的。"那个妇人说。

一个傻里傻气的男人找到了一块漂到沙滩上的木板，他把那木板拿到了海龟身边。那是一块相当大的木板，大约有五英尺长、一英寸厚。他动手用木板的一头去戳海龟的头。

"我要是你，不会这么干，"渔夫说，"你只会使它脾气更大。"

当木板碰到海龟的脖子时，它的大头甩过来，张大嘴啪的一下，把木板咬在了嘴里，咬断了它，就像这是一块奶酪似的。

"哇！"他们都叫了起来，"看见没有？幸亏那不是一条胳膊！"

"别去惹它，"渔夫说，"惹恼了它没什么好处。"

有一个大腹便便、大屁股短腿的男人走到渔夫边上说："听着，伙计，我要它的壳，我要买下它来。"接着他对胖乎乎的老婆说："你知道我想干什么吗，密尔屈雷德？我要把龟壳拿回家去，让一个行家给我上上光。然后我把它朝起居室中央啪地一放！这不是很妙吗？"

"奇妙极啦！"那个胖老婆说，"去把它买下来，乖乖。"

"别着急，"他说，"这玩意儿已经归我啦！"他对渔夫说："它的壳要多少钱？"

"我已经把它卖了，"渔夫说，"我是连壳一起卖的。"

"别那么急嘛，伙计，"那个大腹便便的男子说，"我出更大的价钱。说吧。他给你多少钱？"

"没办法，"渔夫说，"我已卖给别人啦。"

"卖给了谁？"大腹便便的人问。

"卖给了经理。"

"哪个经理？"

"旅馆的经理。"

"你们听见没有？"另一个人大声嚷嚷道，"他卖给了我们旅馆的经理！你们知道这意味着什么吗？这意味着我们有海龟汤喝了，就是这么回事！"

"你说得对！还有海龟肉！别尔，你吃过海龟肉吗？"

"杰克，我从没有吃过。不过我巴不得马上尝尝。"

"要是烹调得法，海龟肉比牛肉好吃多啦！海龟肉嫩得多，而且味道好极啦！"

"听着，"那个大肚子对渔夫说，"我并不想买肉。经理可以买肉，他可以买去海龟肚子里的所有东西，包括牙齿和趾甲。我要的只是龟壳。"

"我最了解你啦，乖乖，"那个胖女人喜气洋洋地朝着丈夫说，"那个海龟壳就要到手了。"

我站在那儿听那些人的谈话。他们正在讨论消灭和消耗这个生物，讨论它的味道，而它呢，甚至仰面朝天时也仍然显得异常高贵。有一点是肯定的，它在年龄上比他们任何人都大。很可能它在西印度的绿色海洋中已经巡游了一百五十多年。当乔治·华盛顿还是美利坚合众国总统时，当拿破仑在滑铁卢挨揍的时候，它就在那儿啦！那时它可能是一只小海龟，不过十有八九它已经在那儿啦！

可是现在，它面朝天躺在沙滩上等待牺牲，让人做成汤和肉。它显然被周围的吵闹声和叫嚷声吓坏了，它那因年老而皱皱巴巴的脖子紧张地伸出壳外，它的大头正在扭来扭去，仿佛在寻找一个人向他解释它受到这一切虐待的原因。

"你怎么把它弄到旅馆里去？"那个胖子问。

"用绳子把它拉上海滩，"那渔夫回答道，"旅馆里的伙计很快会来拉走它。这需要十个人齐心协力才行。"

"嘿，听着！"一个肌肉发达的年轻人大声说道，"我们干吗不把它拉上去呢？"那个肌肉发达的年轻人穿着一条洋红色和豆绿色相间的百慕大短裤，没穿衬衫。他的胸毛特别浓密，不穿衬衫显然是在故意炫耀。"为了我们的晚餐干点儿活儿怎么样？"他鼓出了浑身的肌肉，叫道，"来吧，伙计们！谁来活动活动筋骨？"

"好主意！"众人喊道，"挺出色的安排！"

男人们把饮料交给妇人们，自己冲过去抓起了绳子。他们排成了一排，好像在参加拔河比赛。那个长满胸毛的

人自任为压阵的拔河队队长。

"来，听着，伙计们！"他嚷道，"我说拉，大家马上使劲儿，懂我的意思吗？"

渔夫很不喜欢这样干。"你们最好把这活儿留给旅馆里的人。"他说道。

"别胡说！"胸部毛茸茸的家伙叫道，"拉，伙计们，拉！"

他们一齐拉了起来。巨大的海龟背部着地，一直在晃动，差一点儿翻过身来。

"别把它翻过来！"渔夫喊道，"你们这样干要把它翻过来了！要是它翻过身来重新四脚着地，肯定会逃走的！"

"冷静点，小伙子，"胸口毛茸茸的家伙用傲慢的口吻说，"它怎么个逃法？我们不是有根绳子系住它了吗？"

"你们让它有机可乘，那只老海龟会把你们全都拉走的！"渔夫嚷道，"它会把你们拉到海里去的，你们谁也休想逃过！"

"拉！"胸毛浓密的家伙不把渔夫放在眼里，"拉，伙计们，拉！"

这时，巨大的海龟开始缓慢地滑向海滩上方的旅馆，滑向厨房，滑向那个存放大刀的地方。那些妇女，那些老人，那些胖子和缺少运动的人，一路跟去，一路大叫大嚷鼓励着他们。

"拉！"那个长满胸毛、在后面压阵的年轻人扯大嗓门嚷道，"背转过来，伙计们！你们这样可以更使得上劲儿！"

突然我听到了尖叫声。人人都听到了。这叫声又尖又急又刺耳，径直刺进所有的一切。"不——不——不——不！"那个尖刺的声音响了又响，"不！不！不！不！不！"

人群愣住了。拔河的人停止拉绳，旁观的人停止呐喊助威，在场的每个人都朝传来尖叫的方向望去。

我看见有三个人：一个男人，一个女人和一个小孩。他们从旅馆里出来，半走半跑朝海滩而来。他们半走半跑是因为那男孩一路上拽着那男人。那男人拉住了小孩的手腕，想让那孩子别跑得那么快，而那孩子一个劲儿往前拽。与此同时，那孩子跳跳蹦蹦，又拧手臂，又扭身子，想从父亲紧抓的手臂中挣脱出来。尖声叫喊的是那孩子。

"别！"他尖声叫道，"别这么干！放开它！请你们放开它！"

那个女人想抓住孩子的另一条手臂阻止他，但孩子蹦得厉害，她没有成功。

"放它走！"男孩依然尖叫，"你们这样干太可怕了！请放它走！"

"别这样，大卫！"母亲说，她还想抓住他的另一条手臂，"别这么孩子气！瞧你这样胡来，真是蠢透了。"

"爸爸！"男孩尖叫道，"爸爸！跟他们说放开它！"

"我没法这么做，大卫，"父亲说，"这不关我们什么事。"

拔河的人一动不动，依然抓着牵住大海龟的绳子。人人一言不发，惊讶地盯着那孩子看。他们都带着一些惭愧的表情，凡是做一些不怎么光彩的事的人被当场抓住都有这种表情。

"来吧，大卫，"那父亲一边说一边拉那孩子，"让我们回旅馆去，别管这些人。"

"我不回去！"孩子大声说，"我不想回去！我要他们放了它！"

"听我说，大卫！"母亲说。

"走开，小孩！"那个长满胸毛的人斥责孩子道。

"你又可怕又残忍！"男孩大声说，"你们全都又可怕又残忍！"他朝四五十个站在海滩上的成人大声斥骂，声音又高又刺耳。然而这时没有一个人吭声，甚至包括那个胸毛浓密的人。"你们为什么不把它放回海里去？"男孩喊道，"它没有做过什么伤害你们的事！放它走！"

那父亲被他儿子弄得很狼狈，不过他并不为孩子感到难为情。"他一向对动物很着迷，他在家里，天底下的什么动物他都有。他还跟动物说话。"他对众人说。

"他爱动物。"母亲说。

有几个人开始在沙地上挪动脚步。在人群中处处可以感觉到一种心情些微的变化，那是一种不安甚至难为情的感受。这个只不过八九岁大的男孩这时已经停止和父亲争

斗。父亲仍然抓住了他的手腕，但是不再阻止他。

"行动啊！"那男孩大声叫喊道，"放走它！解开绳子放它走！"他面对人群站着，显得那样弱小，但是身子挺得直直的，两只眼睛像两颗星星一样闪闪发光，风吹动他的头发，他看上去非常气愤。

"我们无能为力，大卫，"父亲温和地说，"让我们回去吧。"

"不！"男孩大叫一声，与此同时他突然一拧胳膊，手腕从他父亲手中挣脱出来。他飞快地穿过沙地，向仰天而卧的大海龟奔去。

"大卫！"父亲急忙叫喊，在后面追赶上去，"停下！快回来！"

那男孩东躲西闪，在人群中突然转向，像一个带球奔跑的球员。唯一跳上去拦截他的人是那个渔夫。"你别靠近那海龟，孩子！"他一边叫嚷一边朝迅速奔跑的身影冲刺过去。但是男孩躲过了他，继续向前。"它会把你咬成碎片的！"渔夫喊道，"停下，孩子！停下来！"

可这时想要阻止他为时已晚，因为他是径直朝海龟头冲去的。海龟看见了他。那个仰面朝天的庞然大物很快转过头来对着他。

　　孩子的母亲惊恐万状，极端痛苦的哀号声在黄昏的天空中升起。"大卫！"她叫道，"哦，大卫！"转眼间，那男孩跪倒在沙地上，张开双臂扑向前，一把抱住老海龟皱皱巴巴的脖子，把海龟紧紧抱在自己的怀抱里。男孩的脸紧贴在海龟头上，他的嘴唇在动，喃喃地说了些温柔的话，这些话别人当然无法听到。那海龟变得异常安静，甚至它那巨大的四鳍也停止了挥舞。

　　人群中发出一声叹息，那是放下心来的轻声长叹。许多人朝后退了一两步，也许是想对他们所无法理解的事保持远一点的距离。但是男孩父亲和母亲一起走向前，站在跟他们的儿子相距十英尺的地方。

　　"爸爸！"那男孩大声叫道，手依旧在抚摸老海龟棕色的头，"请想想办法，爸爸！请让他们放它走！"

　　"我能帮点什么忙吗？"一个穿着白色套装的人说。他刚从旅馆里走到下面的海滩上来。人人都知道这就是经理爱德华先生。他是一个高个儿、鹰钩鼻的英国人，长一张粉红色的长脸。"这事实在太不同寻常！"他看着那男孩和海龟说，"他很走运，头没有给咬掉。"然后他对男孩说："你现在最好从那儿走开，小子。这样干很危险。"

　　"我要他们放它走！"男孩大声说，他依然双臂抱着

海龟的头，"叫他们放它走！"

"你要知道，他随时有被杀的危险。"经理对孩子的父亲说。

"让他去！"父亲说。

"胡说八道，"经理说，"你上前去抓他回来。不过动作要快。千万小心。"

"不！"母亲说。

"你这是什么意思？"经理说，"这是性命攸关的事！难道你不懂？"

"我懂。"父亲说。

"那么你弄走他呀，伙计！"经理嚷道，"你不弄走他，就要出糟糕透顶的事故啦！"

"它属于谁？"父亲说，"这海龟属于谁？"

"属于我们。"经理说，"旅馆买下了它。"

"那你就行个好，"父亲说，"把它转卖给我吧。"

经理打量着那个父亲，什么也没说。

"你不了解我儿子，"那父亲安详地说，"要是把它拉到旅馆里杀掉，他会发疯的。他会歇斯底里发作的。"

"那就把他拉开，"经理说，"手脚要快。"

"他爱动物，"那父亲说，"他真的爱它们。他能跟它们交谈。"

人群寂静无声，都想听接下来怎么个说法，没人走开去，他们站在那儿像是被催眠了。

"我们放它走，"经理说，"他们还会抓住它的。"

"也许他们会，"父亲说，"不过这种动物会游泳。"

"我知道它会游泳，"经理说，"可他们还是会抓到它的。这家伙挺值钱，这一点你必须了解。光是海龟壳就值一大堆钱。"

"钱再多我也不在乎，"那父亲说，"这点你不必担心。我要买下它。"

那男孩还跪在海龟旁边的沙滩上，抚摸着它的头。

经理从他胸前的口袋里掏出一块手帕揩起他的手指来。对于放走海龟这件事他并不热心，他可能已经拟定了饭桌上的菜单。可另一方面，他不想这个季节里再在他的

私人海滩上发生另一件可怕的事故。他在肚子里跟自己说，谢天谢地，这一年里光是华塞曼先生和椰子的事就够他受的了。

那父亲说："爱德华先生，你要是让我买下它，我将把它看成你对我莫大的恩惠。我保证你不会后悔的，这一点我十分肯定。"

经理的两撇眉毛上升了一英寸光景。他领会了，人家答应另给他好处。那就另当别论了。片刻之间，他继续用手帕揩着手，接着他耸耸肩膀说："好吧，只要你的孩子觉得那样好的话……"

"谢谢你！"那父亲说。

"哦，谢谢你！"那母亲大声说，"真要好好谢谢你！"

"维利！"那经理招呼渔夫说道。

渔夫走了过来，他看上去完全给弄糊涂了。"我活这么大还从来没见过这种事呢！"他说，"这只老海龟是我抓到的动物当中最凶恶的。我们把它弄上来时，它像魔鬼一样挣扎，我们整整六个人好不容易对付了它！那个男孩一定是疯了！"

"是的，我知道，"经理说，"不过现在我要你放它走。"

"放它走?"渔夫叫了起来,急得像什么似的,"你说什么也不能放走这只海龟,爱德华先生。它可是破纪录的!它是这个岛上抓到的最大的海龟,说它是最大的一点也不过分。再说我们的钱怎么办?"

"你会得到钱的。"

"我还有五个人要打发呢!"渔夫指了指海滩的下方。

大约一百码以外,海边站着五个几乎一丝不挂的黑皮肤土著,旁边是另一条船。"抓这只海龟的一共六个人,钱六个人平分,"渔夫继续说,"我们没拿到钱以前不会放它走的。"

"我保证你们会得到钱的。"经理说,"这下你觉得行了吧?"

"我来负责担保。"孩子的父亲走上前来说,"还有你们要是立即放它走,所有六个渔夫我都给赏钱。我的意思是说马上放,这会儿就放。"

渔夫看了看孩子的父亲,又看了看经理。"行,"他说,"这可是你要这么干的。"

"有个条件,"孩子的父亲说,"在你们拿到钱以前,你们必须答应我,决不直接出海去,设法重新抓到

它。无论如何今晚也不能这么干。懂我的意思吗？"

"当然，"那渔夫说，"一言为定。"他转身朝海滩走去，招来另外五个渔夫。他对他们大声说了一些我们听不懂的话，不一会儿他们六个全都走了过来。五个渔夫都拿着又长又粗的木杆。

男孩还跪在海龟的头边。"大卫，"父亲低声细语地对他说，"现在没事了，大卫。他们要放它走了。"

男孩环顾四周，但他的胳膊依然抱着海龟的脖子没有松掉，也并不站起身来。"什么时候放？"他问。

"现在，"父亲说，"这就放。所以你最好走开。"

"你保证？"男孩说。

"是的，大卫，我保证。"

男孩抽出自己的胳膊。他站起来，后退了几步。

"大家往后站！"那个叫维利的渔夫喊道，"请大家马上往后站！"

人群往海滩高处移动了几码。那些"拔河"的人松掉了绳子，也跟其他人往后退了。

维利手脚着地，小心翼翼地爬到海龟的一边。然后，他动手解开绳结。他这样干的时候，身体始终保持在海龟的大鳍脚够不到的范围里。

　　解开绳结，维利爬了回来。然后，其余五个渔夫手执木杆走上前去。那些木杆大约七英尺长，粗得很。他们把木杆插到海龟壳下面，开始顶着那个大家伙的壳把它摇来晃去。那龟壳有一个高高的拱顶，很适合摇晃。

　　"上，下！"渔夫们一边摇一边唱，"上，下！上，下！上，下！"老海龟心烦意乱得不行，可这能怪谁呢？它那巨大的鳍脚在空中拼命地挥舞，它的头在龟壳里一个劲儿地伸进伸出。

　　"翻它过来！"渔夫们喝道，"向上翻过来。翻它过来！再来一下它就翻了身！"

　　海龟侧身高高翘起，紧接着轰的一声刚好翻过身来。

　　但是它并没有马上走开。它那巨大的棕色脑袋伸出来，小心地打量四周。

　　"去，海龟，去！"小男孩嚷嚷道，"回海里去！"海龟戴头兜似的一对黑眼睛抬起来盯着男孩看。那对眼睛又明亮又生动，充满了长者的智慧。男孩也盯着海龟看，这回他说话的声音又温柔又亲密。"再见，老伙计！"他说，"这回走得远远的。"那对黑眼睛又在男孩身上停留了一会儿工夫。没人移动脚步。接着，那个庞然大物庄严地转过身子，开始朝大海摇摇摆摆走去。它走得并不匆忙，在沙滩上稳重地移步，巨大

的龟壳轻轻地往两旁摇摆着。

人们鸦雀无声地看着。

它走进了海里。

它继续往前走。

很快，它游了起来。它现在到了自己的天地里。它游的时候头高高昂起，姿势很优雅，速度非常快。大海风平浪静，它在身体的两侧留下小小的波纹，成扇形扩展开去，就像小船划开水面一样。一会儿工夫它的身影就不见了，那时它已经到了离天边只剩一半路的地方了。

旅客开始三三两两回旅馆去了。不知怎的，他们的情绪很低落。没有人说笑，也没有人逗乐。一些稀奇古怪的事情发生了，这些事情波及海滩上所有人的情绪。

我走回到小小的阳台上坐下抽烟。我有一种不安的感觉，认为这件事不会就此结束。

第二天早上八点，那个告诉过我华塞曼先生被椰子砸中脑袋的牙买加姑娘端了一杯橘子汁到我房间里来。

"今天早上旅馆出了件天大的大事！"她把橘子汁放在桌子上，拉开了窗帷，"人人都像疯了似的，四处乱窜。"

"为什么？发生了什么事？"

"住在十二号房间的那个小男孩找不到了。他在晚上不见了。"

"你是说那个跟海龟交谈的男孩？"

"正是他，"她说，"他的父母吵得快把屋顶都掀掉了，经理急得差点发疯。"

"他不见了多长时间？"

"大约两个小时以前，他父亲发现他的床上没人，不过我猜他不可能是晚上出去的。"

"不，"我说，"他有这个可能。"

"旅馆里的人都在到处寻找，"她说，"一辆警车刚刚开来。"

"可能他只是起床早一点，出去爬爬山岩而已。"我说。

她那黑色大眼睛里令人烦恼的目光在我脸上停留了一会儿，这才游移开去。"我可不这么想。"说罢她走了出去。

我急忙穿上一些衣服，匆匆赶到海滩。两个穿卡其制服的当地警察正与经理爱德华先生站在一起。爱德华先生正在说话，两个警察在耐心地听着。海滩的远处，可以看到一小簇一小簇人，有旅馆的服务员也有旅客，正朝着山岩分散开去。那天早晨景色宜人，淡蓝色的天空，微微亮着黄光，太阳已经升起在光亮如镜的海面上，闪烁着钻石般的光芒。爱德华先生跟当地两个警察大声说话，挥动着

手臂。

我想帮帮忙。我能做些什么呢？我该往哪儿去？去跟随其他人显然毫无意义，所以我径直朝爱德华先生走去。

正在这时，我看到了渔船，那条长长的独木舟只有一根桅杆，棕色的帆篷在风中飘动，正朝着海滩驶来，但离岸边还有一段距离。船里有两个土著，一头一个，正拼命地划着桨。他们划起桨来非常使劲儿，一起一落速度惊人，好像在参加比赛一样。我停下脚步看着他们。为什么他们这么匆忙赶到岸上来？很显然他们要报告什么消息。我目不转睛地看着那条船。我能听到在我左首边的爱德华先生对两个警察说："这真稀奇古怪。我不能听任旅馆里的人就这样失踪。你们最好马上找到他，懂我的意思吗？他要么游荡出去迷了路，要么被绑架了。不管是迷路还是被绑架，你们警察都有责任……"

那条渔船掠过海面，滑上了海边的沙滩。两个人丢掉桨跳下了船。他们朝着岸上奔来。我认出前面一个正是维利。他看见经理和两个警察便径直朝他们奔去。

"嘿，爱德华先生！"维利大声嚷嚷，"我刚才看到了一件怪事！"

经理身子一挺，脖子朝后一缩。两个警察依然无动于衷。他们看惯了激动不安的人，他们天天在跟这种人打交道。

维利在这些人面前停下脚步，他胸脯上下起伏，喘着粗气。另一个渔夫紧随在他后面。他们身体赤裸，都只围一块小小的缠腰布，黑黑的皮肤上闪烁着汗珠。

"我们全速划桨，划了好长一段路，"维利解释了他气喘吁吁的原因，"我们认为我们应该尽快赶回来报告。"

"报告什么？"经理说，"你们看到了什么？"

"这事很古怪，伙计！古怪透了！"

"看在老天爷的分上，维利，你就快讲吧。"

"你不会相信的，"维利说，"没人会相信这件事。对不对，汤姆？"

"对，"另一个渔夫一个劲儿地点头说，"要不是维利跟我在一起亲眼目睹，我自己都不相信自己的眼睛！"

"相信什么？"爱德华说，"就把你们看到的说一说。"

"我们一大清早出海，"维利说，"大约早晨四点钟的光景。我们多半还没有驶出去一两海里，天色就亮了，足够让我们什么都看得清清楚楚。突然，太阳升了起来，我们看到就在我们前头，不到五十码，有样东西。我们简直不相信自己的眼睛……"

"什么？"爱德华先生急忙问，"看在老天爷的分上

讲下去！"

"我们看到那只老海龟正在朝大海里游，就是昨天海滩上的那一只，我们还看见那个男孩高高坐在海龟的背上，骑着它就像骑在一匹马上！"

"我们决不瞎说！"另一个渔夫嚷道，"我也看见了，我们决不瞎说！"

爱德华先生看着两个警察。那两个警察看着两个渔夫。"你们不会是骗我们上当吧？"一个警察说。

"我发誓！"维利大声说，"千真万确！那小男孩高高骑在老海龟的背上，他的脚甚至碰不到水面。他浑身没有一点被沾湿，说有多舒服多自在就有多舒服多自在！所以我们跟了上去。我们当然跟了上去。起初我们想悄悄追上他们，就像我们抓海龟时那样，但是那男孩看见了我们。我们那时离得并不太远，不比这里到海边更远。那孩子看见了我们，好像向前俯下身去跟老海龟说了些什么，那海龟昂起头，开始加速，游得贼快！伙计，海龟的速度可快呢！汤姆和我只要愿意也能划得相当快，可我们没法跟那个怪物比！根本没法比！它游的速度至少比我们快两倍！快两倍也轻而易举……你说呢，汤姆？"

"我说它有我们三倍那么快，"汤姆说，"我告诉你们为什么。大约十分到十五分钟，他们已经跟我们拉开了一英里距离。"

"见鬼，你们为什么不叫住那男孩呢？"经理问，"你们为什么不趁距离近的时候早点跟他说话呢？"

"我们没少叫他，伙计！"维利扯着大嗓门说，"那孩子一看见我们，我们就别想再赶上去。那时我们便叫喊起来。我们天底下所有的好话都喊过了，想让男孩到我们的船上来。'嘿，男孩！'我对他喊，'你回来上我们的船！我们平平安安送你回家！你这样干可不好，孩子，跳下来，游一会儿水，我们会救你上来的！跳吧，孩子！你妈妈一定在家里等你，孩子，你为什么不到我们的船上来呢？'我还对他大声说：'听着，孩子！我们向你保证！我们保证决不抓那只老海龟，只要你跟我们走！'"

"他究竟有没有回答你们？"经理问。

"他甚至没有回头看一眼！"维利说，"他高高坐在龟背上，样子好像在前后摇晃身子，催促老海龟越游越快！看样子那小男孩是丢定了，爱德华先生，除非有人飞快出海把他抓回来！"

经理平常面色红润，如今却苍白如纸。"他们朝哪个方向而去？"他用刺耳的语调问道。

"朝北，"维利回答，"差不多正北。"

"好！"经理说，"我们乘快艇去！我要你一起去，维利。还有你，汤姆。"

经理、两个警察和两个渔夫朝停泊滑水用的快艇处奔去。他们把快艇推下水，甚至经理也动手帮忙，也顾不上烫得笔挺的白裤子，蹚在齐膝深的水里。他们都爬上了快艇。

我看着他们驾着快艇嗡嗡离去。

两个小时以后，我又看着他们回来。他们什么也没发现。整整一天，从其他旅馆来的快艇和游艇都在搜索沿岸的海面。下午，孩子的父亲还租了一架直升机。他乘了飞机到那儿搜索了三个小时。他们既没发现海龟的踪迹，也没发现孩子的踪迹。

一个星期的时间里，搜索一直在进行，可毫无结果。

现在自打发生那件事已经过去一年了。这期间报上只登载过一个引人注目的新闻。有一伙美国人，从巴哈马群岛的拿骚出发，在一个名叫埃罗森拉的小岛进行深海钓鱼。在那个地区简直有成千上万个珊瑚礁和没有人烟的小岛，游艇的船长在望远镜里看到其中一个小小的岛上有个小人的身影。那个小岛上有一片沙滩，那个小人走在沙滩上。望远镜被传来传去，人人都看到了那个身影，并一致认为同意那像是一个小孩。甲板上自然发生了骚动，渔线都收了起来。船长把游艇驶向小岛。当他们距离小岛半英里开外时，他们在望远镜里清清楚楚看到那个身影是一个小男孩，尽管晒得很黑，差不多可以肯定是个白人，而不是土著。在这个时候，游艇上观看的人还看到沙滩上还有一只硕大无比的海龟就在男孩的附近。接下来发生的事迅速无比。那个男孩可能看到了驶近的游艇，他跳到了海龟的背上，那个庞然大物也很快进入水中，以极快的速度绕过小岛，消失了踪影。游艇搜索了两个小时，但是再也没见到男孩或海龟。

　　没有理由不相信这个报道。游艇上共有五个人。四个是美国人，船长是巴哈马群岛的拿骚人。他们都轮流从望远镜里看到了男孩和海龟。

　　从牙买加走海路到埃罗森拉岛，首先必须向东北方

向航行二百五十英里，穿过古巴和海地之间的向风群岛，然后再向西北偏北方向航行至少三百英里。总共要航行五百五十英里，这对一个骑在大海龟背上的小男孩来说，是一段很长很长的旅程。

谁知道对这一切该如何看待？

或许有一天他会回来，尽管我个人持怀疑态度。我有一种感觉，不管他在什么地方，他都很快活。

2　搭车人

　　我买了一辆新车，一部大功率的宝马3.3Li，意思是说3.3立升，长轴距，燃油喷射。它的最高速度是每小时129英里，加速度快得惊人。车身是淡蓝色的。车内的座位是深蓝色的，都是皮制品，真正的软皮，最最高级的质量。车窗都是用电开启的，车顶也是如此。当我打开收音机时，天线自己竖起来，关掉的时候，天线自己消失。大功率的发动机在低速度的时候，发出轰隆轰隆的吼声，但是到达每小时六十英里的速度，轰隆声停止了，马达发出愉快的嗡嗡声。

　　我亲自驾车到伦敦去。那是一个美好的七月天。田野里正在翻晒干草，公路的两边也都是毛茛。我正在每小时七十英里的速度下轻轻地自言自语，背舒舒服服地靠在座位上，用不到两个手指头轻轻靠在驾驶盘上让它驾驶平稳。我看到前面正有一个人伸出大拇指，要求搭车。我碰碰刹车，让车停在他身边。我常常为搭车人停车。我知道站在乡村公路边，眼巴巴看着一辆辆车子在你面前经过的

滋味。我恨那些驾驶员假装没有看见我，特别是那些开着大车子，车子里还有三个空位的人。那些豪华的轿车难得停下来。倒是那些小车、生锈的旧车、已经挤满小孩的车子会让你搭车，那司机会说："我看我们还能乘一个。"

那人从打开的车窗外探进头来说："老板，到伦敦去吧？"

"是的，"我说，"上来吧。"

他上了车，我就开走了。

那人长着一张老鼠脸，一副灰色的牙齿。眼睛黑黑的，像老鼠眼睛一样骨碌骨碌转得很快。耳朵上方看上去有点尖，他头上戴一顶布帽子，身穿一件浅灰色的夹克衫，上面有几个大得出奇的口袋。那件灰夹克，加上那骨碌骨碌的眼睛，尖尖的耳朵，无不使人觉得他像一个巨大的人形老鼠。

"你想去伦敦什么地方？"我问。

"我要穿过伦敦，在伦敦那头下，"他说，"我要到埃普索姆的赛马场，那里今天举行德比赛马。"

"没错，"我说，"我希望我能跟你一起去，我喜欢赌马。"

"我从不赌马，"他说，"赛马的时候，我看都不看。这些都是愚蠢透顶的事情。"

"那你为什么到那里去呢？"

他似乎并不喜欢我问他这个问题。他那张小小的老鼠脸白白的，坐在那儿眼睛看着前方，一声不响。

"我想你是在赌博机之类的东西方面帮帮忙的。"

"干这种事情岂不是更傻吗？"他回答道，"修理那些蹩脚机器，好让它们卖票给那些傻瓜，那算什么活！任何笨蛋都能干！"

好一会儿谁也不说话。我决定不再向他提问。我记得过去我搭车的时候，司机不停地问我种种问题问得我很烦躁。你到什么地方去？为什么要去？你是干什么的？你结婚没有？是不是有了女朋友？她叫什么名字？你多大啦？诸如此类的问题问个没完没了。我往往很讨厌人家这样做。

"我很抱歉，"我说，"你做什么工作不关我什么事。问题是，我是一个作家，大多数作家都特别爱管闲事。"

"你写书？"他问。

"是的。"

"写书能行，"他说，"这是一个我称之为有技术的行当。我也从事一个有技术的行当。我看不起那些人终身做一样千篇一律令人讨厌的工作。这些行当根本没有一点技术可言。你懂我的意思吗？"

"我懂。"

"生活的秘诀，"他说，"就是成为非常非常擅长做非常非常难做的某些事情。"

"像你一样。"我说。

"完全正确。你跟我都是这样。"

"是什么使你觉得我擅长我的工作？"我问，"我们周围坏作家可有一大堆。"

"要是你干得不怎么样，你不会开这样一辆车。"他回答道，"这辆车一定很昂贵吧。"

"果然不便宜。"

"它开足能开多快？"

"每小时129英里。"我告诉他。

"我敢打赌，它到不了这个速度。"

"我敢打赌，它一定到得了。"

"所有汽车制造商都是吹牛皮大王，"他说，"你可以购买你喜欢的任何一辆车，可没有一辆能开到制造商在广告里所说的速度。"

"这一辆能行。"

"那就开起来，证明它能行，"他说，"说干就干，老板，快起来，让我们看看，它能快到什么程度。"

恰尔韦德·圣彼德那儿有一段环形路，过了这段路，前面马上是一条笔直的双向车道，很长很长。我们开出环形路，上了双向车道，我的脚紧踩油门，我那辆大车子便朝前蹿去，好像有什么叮了它一口。不到十秒钟，我们已经达到每小时90英里。

"棒极啦！"他叫道，"干得好！继续开！"

我把油门一踩到底，并且一直不松开。

"100英里！"他叫道，"105英里！110英里！115英里！加油！不要松劲！"

我正开在外车道上，我们飞快地掠过几辆车子，好像它们全都纹丝不动地停在那里——有一辆绿色的微型车，一辆奶油色的雪铁龙，一辆白色的路霸，一辆有货箱的大卡车，一辆橘色的大众小公共汽车。

"120公里！"我的乘客大叫大嚷，身子蹿上蹿下，

"加油！加油！让它开到129英里！"

这个时候我听到了警笛的尖叫声。声音非常响，好像是在车子里边发出的。然后一个骑摩托车的警察赫然出现，沿着内车道超过我们，举起手示意我们停下。

"哦，我的姑奶奶！"我说，"这下完蛋啦！"

那警察超过我们的时候一定开到了每小时130英里，他花了很长时间才慢下来。最后他停靠在公路边上，我停在他后面。"我不知道摩托车竟能开这么快。"我有点不以为然地说。

"那一辆能行，"我的乘客说，"它跟你的车子一个牌子。它也是一辆宝马——R905，最快的公路摩托车。他们如今就用这个牌子的车子。"

警察从摩托车上下来，把车子的撑脚架撑在路边，然后他取下手套，很小心地放在坐垫上。这个时候他不慌不忙。他迫使我们停下，停在他要我们停下的地方，这点他很清楚。

"这下真遇上了麻烦，"我说，"我一点也高兴不起来。"

"不必要的话，不要跟他多说，这点你也清楚，"我的伙伴说，"坐得稳稳的，保持沉默。"像是一个刽子手走向死刑犯，那警察踱着方步向我们走过来。那是一个粗壮的大个儿，挺着一个大肚子，蓝色的警裤紧紧绷在硕大无比的屁股上。他的护目镜拉在他的头盔上，露出一张宽

宽的红脸，冒着怒火。

我们坐在那里，像是两个犯了错的小学生，等他走上前来。

"留心这个人，"那乘客低声说道，"这个人看上去报复心很强。"

那警察绕到我打开的车窗前，把一只肉鼓鼓的手放在窗框上。"这么着急干吗呢？"他说。

"没有什么可着急的，警官。"我回答道。

"是不是后座有个妇女要生孩子，急着要送医院？是不是这回事？"

"不，警官。"

"要不就是你家房子着了火，你要赶去把家人救下楼来？"他的声音里充满了阴险的嘲弄。

"我家的房子没有着火，警官。"

"那样的话，"他说，"你让自己陷入了糟糕透顶的困境。你知道这个地区限速是多少吗？"

"每小时70英里。"我说。

"那你介不介意跟我说说，你刚才开的准确速度？"我耸耸肩膀，什么也没有说。接下来他说话的声音突然提得高高的，吓了我一跳。"每小时120英里！"他大声叫道，"超过限速每小时50英里！"

他转过身吐了一大口唾沫。它落在我车子的侧翼上，开始从我漂亮的蓝漆上淌下来。然后他再次转过身，仔细打量我的伙伴。"你是什么人？"他很不客气地问。

"他是一个搭车人，"我说，"我让他搭乘一段路。"

"我有没有做错事？"我的乘客问。他的声音软得像油光光的发蜡。

"样子挺像，"那警察说道，"不管怎么说，你是一个见证者，我回头来处理你。驾驶证！"他伸手来向我要，声音很严厉。

我把证件给了他。

他解开紧身短上衣的左胸袋，取出一本让人畏惧的罚单簿。他小心翼翼地录下我那驾驶证上的名字和地址，然后把证还给我，他又踱到车子前面读了车牌号码，记了下来。他再填上日期、时间和我违章的细节。接着他撕下罚单簿最上面的一页，在递给我之前，他又跟复写纸上印下的各项仔细核对一遍。最后他将罚单簿放回胸袋，系上扣子。

"现在轮到你啦！"他对我的乘客说。他绕到车子的另一边，从另一个胸袋里掏出一本黑色记事本。"名字？"他凶巴巴地问。

"米歇尔·菲什。"我的乘客说。

"地址?"

"卢顿-温德索尔胡同14号。"

"给我一样东西，证明你的姓名和地址都是真的。"那警察说。

我的乘客在他的那些口袋里摸索了一阵，摸出一本他的驾驶证。警察核对了姓名和地址，还给了他。"你干什么职业?"他突然问道。

"我是一个泥灰工。"

"什么?"

'搬运泥灰的小工。"

"怎么写?"

"搬运水泥灰浆的小工。"

"那就行啦，泥灰工做些什么，我倒要问问。"

"警官，那就是运水泥灰浆上扶梯，递给砖瓦工。他们搬的是一个灰浆桶，有一个很长的柄，上面有两块木头，钉成一个角度……"

"行啦，行啦，谁是你的雇主?"

"一个也没有，我失业啦。"

警察把这些都写在黑色的记事本上。然后他把本子放回口袋，系上扣子。

"回到所里，我要对你进行一番小小的调查。"他对我的乘客说。

"我？我做了什么错事？"那个长着老鼠脸的人问。

"我不喜欢你的脸，就是这么回事，"那警察说，"说不定在我们的档案里正好有你的一张照片。"他又踱回我的车窗前。

"我看你也知道，你惹上一个大麻烦。"他对我说。

"是的，警官。"

"在很长一段时间里，你再也驾驶不了你这辆时髦的车子了。至少在我们没有给你了结之前。说不好，有好多年，你再也不能驾驶任何车子了。这也是一件好事情。我希望他们另外还关你一段时间。"

"你的意思是说关在监狱里？"我有点慌张，赶紧问道。

"完全正确，"他咂咂嘴说，"关在牢里，铁栏杆后面，跟其他违法的罪犯关在一起，另外还要缴一大笔罚款。没有人比我更乐意看到这个结果。我会跟你们两个在法院见。你们会收到出庭的传票。"

他转身走开，走向摩托车，用脚拨开撑脚架，抬腿跨上坐垫，踩了踩发动器，便在公路上开走了，一会儿工夫，就不见了踪影。

"嘿，"我喘了口气，"这下完蛋了！"

"我们被抓住了，"那乘客说，"我们被抓住了，被抓个正着。"

"你的意思是说，我们被当场抓住了。"

"可不是吗？"他说，"现在你准备怎么办，老板？"

"我直接到伦敦去，跟我的律师谈谈。"我说着，发动了车子，上了路。

"他跟你说，要把你关进监狱，这种话你千万别信，"我的乘客说，"因为超速，他们不会把谁关在铁栏杆后面的。"

"你能肯定？"我问。

"完全肯定，"他回答道，"他们会拿走你的驾驶证，敲你一大笔罚款。这就到头了。"

我觉得大大松了口气。

"顺便问问，"我说，"你为什么要对他说谎？"

"谁？我？"他说，"是什么让你以为我说了谎？"

"你告诉他你是失业的泥灰搬运工，但你说过你是属于高级技术行当。"

"我确实是，"他说，"什么都跟一个条子说不值当。"

"你究竟是干什么的？"我问他。

"啊，"他躲躲闪闪地说，"是不是一定要说？不说行吗？"

"是不是你有什么不可告人的事？"

"不可告人？"他叫了起来，"我，工作不可告人？我还要为它感到骄傲呢！在整个世界上不是谁都能干这个工作的。"

"我并不在乎这个那个行当。"我跟他扯了一个谎。

他那狡猾的老鼠目光瞥了我一眼。"我看你在乎。"他说，"我在你脸上看得出来，你以为我从事一种非常特殊的行当，你一心想知道究竟是什么。"

我等他继续说。

"你看，因此我谈到它格外小心。比如，我怎么知道你不是另一个便衣警察呢？"

"我看上去像个条子吗？"

"不，"他说，"你不像，也真的不是。随便哪个傻瓜都看得出来。"

他从口袋里掏出一听烟丝，一包香烟纸，开始卷起一支香烟来，我用一只眼睛的眼角看着他，这个活比较困难，但是他完成的速度快得叫人难以相信。不到十秒钟这支烟就卷成了。他的舌头在纸边一舔，烟纸就粘住了，噗的一声，香烟就叼在了他的嘴唇上。然后，不知从哪儿来的一只打火机出现在他的手里。火光一闪，香烟就点着了，打火机就不见了。这一整套表演让人看得目瞪口呆。

"我从来没有看到过谁卷一支香烟能那么快。"我说。

"啊，"他说着深深吸了一口烟，"这么说，你注意到了。"

"我当然注意到了，快得简直叫人难以相信。"

他背朝后一靠。

我注意到他卷烟的速度非常快，这使他非常开心。"你想不想知道为什么我能做到这一点？"他问。

"那就请你说说吧。"

"因为我有灵巧的手指，这些手指只有我才有，"他说着把手高高举起在他的面前，"它们比世界上最出色的钢琴家的手指还要灵巧。"

"你是钢琴家吗？"

"别开玩笑啦！"他说，"我的样子像吗？"

我看了看他的手指，它们果然很美，又细又长，有模有样。看样子这种手指头不可能属于其他人，只可能属于出类拔萃的外科医生或者钟表匠。

"我的工作，"他继续说，"要比钢琴家演奏难上一百倍。任何傻子都能弹钢琴，如今你走进家家户户，差不多总有一个个子矮矮的小孩在弹钢琴。这是事实吧，是不是？"

"多多少少是那么一回事。"

"当然是事实。但是一千万人里没有一个能学会我手上的活。一千万人里也没有一个！你怎么看？"

"惊讶极啦！"

"妈的，你惊讶极啦，这就对了。"他说。

"我想我知道你是干什么的了，"我说，"你是变魔术的，是一个魔术师。"

"我？"他哼着鼻子表示轻蔑，"一个变戏法的？你能想象我在那些挤满孩子的讨厌晚会上混日子，从大礼帽里变出兔子来？"

"那你是一个玩纸牌的行家，你让人家进赌局，你用你那了不起的一双手出老千。"

"我？一个人人讨厌的爱出老千的人？"他叫道，"那是一个可悲的营生，如果这也算是一种营生的话！"

"好吧，那我实在猜不出。"

现在我让车慢慢地往前开，每小时不到40英里。我们不得不开上伦敦到牛津的主干道，走在开往丹哈姆的下山路上。

突然我的乘客举起手中的一根黑皮带。"见过这根皮带吗？"他问道。那根皮带有个设计特别的扣子。

"嘿，"我说道，"那是我的皮带，是不是？从哪儿弄到的？"

他咧嘴一笑，轻轻晃了晃皮带。"你以为从哪儿弄到的？"他说，"当然是从你裤腰上弄到的。"

我伸手摸了摸我的裤腰，皮带果然没有了。

"你的意思是说在我驾驶的时候，你从我裤腰上取了下来？"我问，有点目瞪口呆。

他点点头，一直用他黑黑的老鼠般的小眼睛看着我。

"那不可能，"我说，"你得解开扣子，把整根皮带从裤腰扣里抽出来。你这样做的时候我总会看见的，就算没看见，也总会有感觉的。"

"啊，但是你没有，是不是？"他洋洋得意地说。他把皮带丢在膝盖上，这时突然有一根棕色鞋带从他的手指上荡下来。"对这个你怎么说？"他大声问，晃了晃手中的鞋带。

"这是怎么回事？"

"谁丢了这根鞋带？"他又咧嘴笑了笑问。

我低头看了看我的鞋子，一只鞋的鞋带没有了。"真是奇怪！"我说，"你是怎么做到的？我根本没有看到你弯过腰。"

"你什么也没有看到，"他骄傲地说，"你甚至没有看到我移动过一分一寸。你知道那是为什么吗？"

"知道，"我说，"那是因为你有十只灵活得叫人难以相信的手指头。"

"一点不错，"他叫道，"你的理解相当准确，是不

是？他背朝后一靠，吸了一口自制的香烟，在挡风玻璃上吹了一股淡淡的烟。他知道他的两个小把戏给我留下了深刻的印象，这使他很开心。"我不想迟到，"他说，"现在几点啦？"

"你前面就有一只钟。"我告诉他。

"我不相信车上的钟，"他说，"你的表上是什么时间？"

我撩起袖口看了看表，谁知表不见了。我看看那个人，他回看我一眼，笑了。

"你把表也拿走了？"我说。

他举起手，我的表躺在他的手掌里。"这东西不坏，一只好表，"他说，"质量很高，十八克拉金表，很容易脱手，高质量的东西脱手从不麻烦。"

"你不介意的话，我想要回来。"我气鼓鼓地说。

他小心翼翼地把表放在他面前的皮盘上。"我不会捞走你的任何东西的，老板，"他说，"你是我的伙伴，你让我搭车。"

"我很高兴听你这么说。"我说。

"我做这一切只为回答你的问题，"他接着说下去，"你问我靠什么为生，我就做给你看看。"

"你还拿了我一些什么东西？"

他又笑了，开始从口袋里掏出一样样东西来。这些东西全都是我的：我的驾驶证，钥匙圈，四把钥匙，几镑钞票，几个硬币，一封出版商的来信，我的日记本，一段又短又粗的铅笔头，一只打火机，最后还有一枚镶珍珠的蓝宝石戒指——那是我妻子的东西，因为珍珠掉了一颗，我要拿到伦敦的珠宝店去修理。

"现在还有一件可爱的宝物，"他边说边在他的手指上转动一枚戒指，"我要是没有弄错的话，这是十八世纪的古董，国王乔治三世在位时候的东西。"

"又给你说对了，"我毫不惊奇地说，"一点也不错。"

他把那枚戒指跟其他东西一起放在皮盘上。

"这么说来，你是一个扒手？"我说。

"我不喜欢这个字眼，"他回答道，"一个粗俗的字

眼，扒手只是一些粗俗的人，只做一些容易做的业余活，他们在瞎老太婆身上扒钱。"

"那你怎么叫你自己呢？"

"我？我是一个手指匠。我是一个专业的手指匠。"他说这几个字的时候非常严肃，相当骄傲，好像他正在告诉我他是皇家医科大学校长或者是坎特伯雷大主教一样。

"我从未听到过这个名字，"我说，"那是你发明出来的？"

"当然不是，"他回答道，"这个头衔只给予达到职业顶级的人，你听到过金匠银匠的头衔吧，他们都是金子银子行业的专家。我是手指行业的专家，我叫手指匠。"

"那一定是一个有趣的行当。"

"一个非常了不起的行当，"他回答道，"非常美好的行当。"

"这就是你去赛马会的原因？"

"赛马会上最容易到手肥肉，"他说，"你只要到处走走，到处站站，看着那些走运的人排着队取钱。当你看到有人领了一大包钞票时，你只消跟着他，想拿什么就拿什么。但你千万别误解我，打赌输的人身上我分文不取。穷人那儿也分文不取。我只从丢钱丢得起的人那儿取钱。"

"那是你想得周到，"我说，"你多久才给抓到一次？"

"抓起来？"他气愤地叫起来，"抓到我？只有扒手才被抓到。手指匠永远不会被抓到。听着，只要我愿意，你嘴巴里的假牙我也能拿到，而且不让你抓到我！"

"我没有假牙。"我说。

"我知道你没有，"他回答道，"要不我早就取下来啦。"

我相信他，他那些细细长长的手指似乎什么都做得到。

往前开了一阵子，两人都没有说话。

"那警察要调查你一番，"我说，"你就一点也不担心？"

"没有人会调查我。"他说。

"他们当然会。他在那个黑色本子上仔仔细细记录下你的名字和你的地址。"

那人又给了我一个老鼠般狡猾的微笑。"哈，"他说，"你这么说，他是写了下来。可我敢打赌，他根本没有写下来，也没能记住。我从来就不知道一个警察能有还算不错的记忆力。他们有几个甚至记不住自己的姓名。"

"这跟记忆力有什么关系？"我问，"他写在本子上

了，是不是？"

"是的，老板，他是写下了。但麻烦的是，他丢掉了他的本子，还一丢丢了两本，一本写着我的名字，一本写着你的名字。"

他洋洋得意地用他右手修长的手指举着两个本子。那是从警察手里拿来的。"那还不是伸手就来的事情？"他骄傲地宣布道。

我突然一个转向差点撞在一辆送牛奶的卡车上。我太激动了。

"那个警察在我们身上什么也没有捞到。"他说。

"你真是天才！"我叫道。

"他没有捞到姓名、地址、车牌号码，什么也没有捞到。"他说。

"你真是才华横溢！"

"我看你最好尽快离开主干道，"他说，"然后我们燃起一堆篝火，把两个本子烧掉。"

"你是一个非凡的家伙！"我惊叹道。

"谢谢你，老板。"他说，"有人赏识总是件快活的事情。"

3　密尔顿豪尔的宝藏

大约早晨七点的时候，高顿·布什起床打开了灯，他赤脚走到窗边，拉开窗帘，朝外张望。

那是一月份，外面还很黑，不过他看得出来，晚上不曾下雪。

"风，"他对他的妻子说，"你听听这风声。"

他妻子这时也起了床，站在靠近他的窗边附近，倾听从沼泽地上刮来的寒风发出嗖嗖的声音。

"那是东北风。"他说。

"夜幕降临以前肯定会下雪，"她跟他说，"而且下得非常大。"

她在他面前穿好衣服，走到另一个房间，在她六岁女儿的小床上俯下身去，吻了吻女孩儿。她又朝第三个房间里的两个大孩子大声说了"早上好"，然后下楼去做早餐。

七点三刻，高顿·布什穿上外套，戴上帽子和皮手套，走出后门，进入冬天清晨刺骨的寒风中。他挪步穿过晨光

熹微的院子，走向木棚取他的自行车，那时风像刀子一样刮在他的脸上。他推出自行车，骑了上去，开始迎着扑面的大风，在狭窄的小路上蹬了起来。

高顿·布什三十八岁。他不是一个普通的种田的农夫，除非他愿意，不听任何人安排。他有自己的拖拉机，他用拖拉机给别人开垦土地，收割庄稼，那都是要签订合同的。他一心一意为他的妻子、儿子和两个女儿工作。他的财富是他的小小的砖房、两头奶牛、一辆拖拉机和他开垦土地的技术。

高顿的头形状非常特别，头的后面突出来，像是一个大蛋的尖头，他的耳朵很显眼，左边的一颗门牙掉了。但当你在野外面对面遇到他时，这些都似乎没有多大关系。他用一对安详的蓝眼睛看着你，没有一点恶意，没有一点狡猾，也没有一点贪婪。他的嘴边也没有显得很辛苦的线条，在田里劳作的人，天天与天气做斗争的人，往往嘴角会有这种线条。

他只有一个怪癖，对于这个怪癖你要是问他的话，他也会承认。这就是当他一个人的时候，他会大声地自言自语。他说他这个习惯是工作的性质带给他的，他一个人工作，一星期六天，一天十小时，渐渐养成了这个习惯。"这一直让我有个伴，"他说，"能时不时听到我自己的声音。"

他沿着小路骑去，用力地踩着踏脚，抵抗猛烈的大风。

"好呀，好呀，"他说，"你为什么不刮得再厉害一点？这是你最大的能耐？天哪天，今天早晨我几乎感觉不到你的存在！"那风在他四周肆虐，拉扯他的外套，挤进厚厚的羊毛衫的洞眼，穿过里边的夹克、衬衫和背心，用冰冷的指尖触到他光光的皮肤。"为什么？"他说，"你今天倒成了温吞水？你要使我发抖的话，要比现在使出一点更大的能耐来。"

这时黑暗已经消退成灰蒙蒙的晨光，高顿·布什能看到

天空的云层低低地压在他头上，随风飘行。那是一些灰蓝色的云，这里那里点缀着一些黑斑，从地平线到地平线，厚厚实实的一团，整个儿随着风移动，像一个巨大的金属片在他头上划过，又伸展开来。他的周围尽是苍茫孤寂的萨福尔克沼泽之乡，一英里又一英里绵延下去。

他继续踩着车。他骑过密尔顿豪尔小镇的外围，朝着一个叫西街的村庄骑，那儿有个叫福特的人住在那里。

头一天他把自己的拖拉机留在福特那里，因为他第二天的活是要为福特开垦在西斯特雷绿地上的四英亩半土地。那也不是福特的土地，记住这点很重要。但是叫他干这个活的是福特。

拥有这四英亩半土地的实际上是一个名叫罗尔夫的农夫。罗尔夫请福特开垦这片土地，因为福特跟高顿·布什一样，干替别人开垦土地的活。福特跟高顿·布什之间的区别是，福特的架子要大一些。他是一个相当富裕的二三流农业机械师，他有一幢很好的房子，有个很大的院子，里边有很多棚子，放满了家具和机械。高顿·布什只有一辆拖拉机。

然而这一次罗尔夫请福特为他开垦四英亩半在西斯特雷绿地的土地，福特很忙，干不了这活，因此他雇用高顿·布什替他干这个活。

高顿·布什骑车进去的时候，福特院子里还没有一个人，他停好了车子，给拖拉机灌满了汽油和煤油，暖了暖引擎，挂上了犁，就跳上高高的座位，朝西斯特雷绿地开去。

那片地在不到半英里以外，高顿·布什大约八点半就通过栅栏门开到了那块地上。西斯特雷绿地有一百英亩，周围有低矮的篱笆围住。实际上它是很大一片土地，不同的地块属于不同的人。这些地块很容易区别开来，因为各人的耕作方法都不同。罗尔夫四英亩半的地块靠近南边地界的篱笆。布什知道那块地在什么地方，因此他绕着地界开拖拉机，然后到了差不多的地方再拐进去。

那地块里这时都是一些大麦茬，布满了黄色的大麦茎秆，短短的已经腐烂，都是去年秋天收割时留下来的，只是最近粗粗地砍短了一点，做好了开垦的准备。

"要深耕，"福特头天跟布什说过，"那是要种甜菜块根的。罗尔夫要在那里种甜菜块根。"种大麦他们只垦四英寸，种甜菜块根要垦得很深，十到十二英寸。马拉的犁垦不了那么深，只有来了拖拉机以后农夫才能开垦到合适的程度。罗尔夫几年以前曾经深耕种甜菜，但当时干这个活的不是布什，深耕的活干得马马虎虎，没有达到要求的深度。要是他那样干的话，今天将要发生的事也许早就

发生了，那就会是一个不同的故事。

高顿·布什开始耕地，他来来回回地开着拖拉机，把犁头放得越来越低，终于深耕到十二英寸，在地里翻起了平整光滑的黑浪。

这时风的速度更快了，它从死海那里刮来，掠过诺福克平坦的土地，掠过萨克斯索柏、里伯哈姆、霍宁格哈姆、斯华夫哈姆和拉尔林，一直刮到萨福尔克边界，刮到密尔顿豪尔，刮到西斯特雷，刮到高顿·布什直挺挺坐在拖拉机高高的座位上的地方。他前前后后开在黄黄的大麦茬的地块上，那块地属于罗尔夫。布什能嗅到不远处使人清醒的雪的味道。他能够看到低矮的天空，不再是一片片黑颜色，而是一片片灰色和白里带灰的颜色，云朵在头上徐徐而行，像是一大片结结实实的金属在铺展开来。

"很好，"他提高声音，以便盖过拖拉机的轰隆声。"你今天打定主意要跟人家过不去，又是呼呼吹，又是嘘嘘叫，又是让人冻得要死，大惊小怪吵得人家不安。像一个女人，"他又添上一句，"就像一个女人傍晚时往往要干一场一样。"他的眼睛盯在开出的沟上，那沟笔直拉成一条线，他笑了起来。

中午他把拖拉机停下，跳下来在他的口袋里摸索他的午餐。找到以后，就在一个拖拉机大轮子背风处的地上坐了下来。他吃很大很大一块面包，很小很小一块奶酪。他什么也没有喝，因为他的热水瓶两个星期以前由于拖拉机的颠簸，弄碎了。在当时1942年1月的战争期间，你在哪儿也买不到一个新的热水瓶。大约有刻把钟时间，他坐在车轮背风的地上吃了他的午饭，然后他起来检查他的挂钩。

跟许多开垦土地的人不同，布什用一个木头的挂钩，把犁挂在拖拉机上，这样的话一旦犁跟树根或者大石头碰撞，那个挂钩会马上破裂，把犁留在后面，不让犁刀有严重的损坏。黑色的沼泽之乡，就在表土之下，躺着一些古老橡树的树干。一个木头的挂钩一星期里能多次拯救一个犁铧。尽管西斯特雷绿地都是精耕细作的土地，都是沃土，不是沼泽地，布什也决不拿他的犁来冒险。

他检查了木头挂钩，发现它很完好，便重新跳上拖拉机，继续他的开垦。

拖拉机在这片土地上一会儿朝这边开，一会儿朝那边开，在它后面留下了平整的泥土黑浪。刮来的风越来越冷，不过还没有下雪。

大约三点钟的时候发生了一件事。

一次小小的颠簸过后，那木头挂钩断了，把犁丢在了

后面。布什停了下来，跳下车，走到后面去看看犁碰到了什么。熟土里发生这种事使他很吃惊。这个地方土的下面不应该有什么橡树干。

他在犁旁边跪下来，开始挖掉犁铧周围的泥土。刀尖在十二英寸的深度，因此要挖出许多泥土。他戴着手套，用双手伸下去把泥土挖出来，六英寸、八英寸、十英寸、十二英寸……他的手指沿着犁铧的刀片滑去，探到刀尖处，泥土非常松碎，不断落回他挖出来的洞里。因此他看不见十二英寸处的犁刀尖尖，他只能摸到它。现在他摸到犁刀的尖尖确实卡在了什么硬东西上。他挖掉更多的泥土，把那个洞扩大。他碰到的障碍物是什么东西，这有必要弄清楚。要是它很小，他可以用手把它挖出来，继续工作。要是一根树干，他就得回到福特家去取一把铲子来了。

"来吧，"他大声地说，"我要把你这个躲躲藏藏的魔鬼揪出来，你这个坏透了的家伙。"

他那戴手套的手指，刮落最后一大把黑土。突然他看见一样平平的东西有一个弯弯的边。像是一个又大又厚的盘子的边，在泥土里戳出。他用手指擦了擦那个边。接着他又擦了擦，忽然之间那边发出一道绿光。高顿·布什的头越探越低，往下张望他用双手挖出来的小洞。他最后一次擦了擦那个边，在一道日光的照射下，他清楚无误地看到一样金属质地的东西，由于埋在地里日子久了，它结上了蓝绿的外壳。这个时候他的心停止了跳动。

这里有必要解释一下，萨福尔克这个地区，特别是密尔顿豪尔，有好多年土地里经常发掘出古代的东西来。很久以前曾经发掘过数量相当多的火石箭头。不过人们更感兴趣的是罗马时代的陶器和罗马时代的用具的发现。大家都知道，罗马占领大不列颠的时候，特别偏爱这个国家的这个地区，因此当地所有的农民全都知道，白天在土地里劳作，都有可能找到一些有趣的东西。因此可以说，在密尔顿豪尔的人们中间，有一种永远的警觉，在他们的土地中会有地下宝藏出现。

高顿·布什看到那个大盘的边的时候，他的反应非常特别。他马上离开了。他让自己的脚背对着他所发现的东西。他只停下来关掉拖拉机的引擎，然后朝公路的方向快步走去。

他自己也不清楚是什么样的冲动使他停止开垦并离开那里。他能告诉你的只有一件事情——记得最初的几秒钟里，有一阵危险的感觉降临他的头上，那是一小块蓝绿颜

色的东西引起的。他用手指头碰到它的一刹那，不知怎么的有一股电流通过他的身体，那是对他的一个强有力的预先警告——这一样东西可以破坏许多人的宁静和幸福。

一开始，他所有的愿望是把那东西丢在后面，永远不去理睬。但当他走了一百码光景的时候，他的步子慢了下来。到了西斯特雷绿地通向外面的栅栏门时，他停了下来。

"你这究竟是怎么回事，高顿·布什先生？"他高声对呼啸的大风说，"你害怕了还是怎么的？不，不是害怕。但我跟你实话实说，我不那么想一个人对付这件事。"

这个时候他想到了福特。

他首先想到福特的缘故是因为他正在为福特工作。他其次还是想到福特，那是因为他知道福特是一个收藏古物的人。这个地区人们不时挖掘出来的古老的石头和箭头，都卖给了福特，他把它们放在客厅里的壁炉架上。据说福特出售这些东西，但是没人知道和关心他是怎么干这种事情的。

高顿·布什掉头朝福特家飞快走去，出了栅栏门，走上了狭窄的小路，沿着这条小路绕过左手边一个急转弯，就到了他家。他在福特家最大的一个棚子里找到了他。福特正弯着腰修一个坏掉的耙子，布什站在门边说道："福特先生！"

福特抬起身子回头看看他。

"啊，高顿，"他说，"什么事？"

福特已到中年或者还要老一点，头已经秃顶，鼻子很长，脸上有聪明狡猾的神色，他嘴唇薄薄的很不讨人喜欢。当他看你的时候，你只见他嘴巴紧闭，嘴唇出现一条细细的乖戾的线条，你就知道这张嘴是永远不会笑的，他的神态就像是树林里出来的一只狡猾的老狐狸。

"什么事？"他从耙子上抬起目光说。

高顿·布什站在门边，脸颊冻得发青，上气不接下气。他一只手靠在另一只手上，相互不断地摩擦着。

"拖拉机把犁丢在了后面，"他平静地说，"下面有金属，我看到了。"

福特的头抽搐了一下。"什么样的金属？"他问得很急。

"平平的。很平很平像是一个大盘子。"

"你没有把它挖出来？"福特这时直起了身子，他的眼睛里有一种鹰一样的目光。

"不，"布什说，"我把它留在那儿不动，就直接跑到这儿来啦。"

福特很快地走到棚子的角落里，从钉子上取下他的外

套，他找了一顶帽子和一副皮手套，捞起一把铲子，便朝门口走去。他注意到布什的态度有点古怪。

"你确定它是金属？"

"已经起壳了，"布什说，"不过是金属没有错。"

"有多深？"

"十二英寸下面。至少它的尖尖在十二英寸下面，其余的还要深。"

"你怎么知道那是一只盘子？"

"我不知道，"布什说，"我只看到一点那东西的边。我觉得它像是一个盘子，一个很大的盘子。"

两个人走出棚子，外面的狂风刮得更猛了。福特冷得发抖。

"这讨厌的天气实在太可恶了！"他说，"这种天气都快冻死人啦，真是该死！"他说着把他那尖尖的狐狸脸深深地埋在他的外衣领子里，开始考虑布什发现宝藏的可能性。

有一件事情福特知道，布什并不知道。他回顾到了1932年，有个名叫雷斯伯列奇的人，是剑桥大学盎格鲁撒克逊古文物学的讲师，他一直在这个地区发掘文物。而且确实在西斯特雷绿地这个地方挖掘出一个罗马别墅的地基。福特没有忘记这一点，因此加紧了他的步子。布什走在他旁边，没有说什么，很快他们就到了那里。他们走过栅栏门，穿过一片田地，来到给拖拉机丢在十码后面的犁跟前。福特跪在犁前面，趴在高顿·布什用手挖出来的小洞口，朝下张望，他戴着手套的手指摸到了那个蓝绿金属物的边沿。他又刮落一点泥土，探身向前，他那尖尖的鼻子差不多伸进了洞口。他的手指摸遍了那个粗糙的蓝色的边沿。然后他站起来说道："让我们把犁弄出来，往下挖一挖。"尽管福特的脑子里像烟火爆炸一样，全身都在发抖，他还是尽量保持平静，跟平常一样。

他们两人合力把犁拉后了两码。

"把铲子给我。"福特说着，开始在发现金属块的地方直径三英尺的周围很小心地挖起土来。当这个洞挖到两英尺深的时候，他丢掉铲子，开始用手挖土。他跪在地上，用手扒掉泥土，渐渐地那一小块金属块越来越大，最后在他们面前完全显露出来，那是一个很大的圆盘，直径足足有二十四英寸。犁头的底部刚刚擦到这个大圆盘升起来的中心边沿，这个从上面的凹痕看得出来。

福特小心地把盘子从洞里捧出来，他站了起来，站在那儿把盘子上面的土抹干净，放在手上翻过来翻过去。那也看不出什么名堂，因为它整个表面起了一层厚厚的蓝绿物质的硬壳。但是他知道，这是一个巨大的盘子或碟子，又重又厚，估计有十八磅之多。

福特站在黄黄的布满大麦茬的土地上打量这个巨大的盘子。他的双手抖了起来，一股巨大的几乎无法忍受的激动开始在他身体里沸腾。要想做到藏而不露很不容易，但是他尽力做到了。

"像是一个碟子。"他说。

布什正跪在洞边的地上。"一定是一只很古老的碟子。"他说。

"可能很古老，"福特说，"但是全都生了锈，锈蚀掉了。"

"我觉得它看上去不像是锈，"布什说，"那发绿的东西不是锈，那是别的……"

"那是绿锈。"福特口气有点高高在上地说，这就结束了讨论。

布什还跪在那儿，这时他那双戴手套的手在三英尺宽的洞里漫不经心地探来探去。

"这下面还有一样东西。"他说。

福特马上把大盘放在地上，跪到布什的身边，不到几分钟，他们发掘出第二个起绿壳的大盘。这个东西比第一个东西稍微小一点，也要深一点，更像是一只碗，而不是碟子。

福特站起身来，双手举起那个新发现的东西。这一样东西重得多。这时他意识到他们正在发掘一些绝对了不起的东西。他们正在发掘罗马的宝藏，而且毫无疑问，它们都是纯银的，两样东西看起来都像纯银的——首先是它们的重量，其次是氧化引起的绿壳的特殊样子。

世界上发现罗马银器有过多少次？

几乎一次也没有。那么像这两样东西的大件有没有发掘出来过？

福特不能确定，但是如果说曾经发掘出来过，他很怀疑。

它们的价值有几百万英镑。

他的呼吸越来越急促，在冰冷的天气里产生了一股股白雾。

"那里下面有更多的东西，福特先生，"布什说，"我能摸到那个地方四周有许多东西。你要再用到那把铲子。"

第三件出土的又是一个大盘，比头一件要小一点。福特把它跟那两件一起放在大麦茬地里。

这时候布什感觉到头一片雪花落在了他的脸颊上，他抬头一看，只见东北方向有一块巨大的白色幕布横在天空，那是一道厚厚的雪墙，正乘着狂风的翅膀向前飞来。"它终于来啦！"他说。福特四周张望，只见大雪正在朝他们移动下来，也跟着说："那是暴风雪，讨厌透顶的暴风雪！"

两个人眼睁睁看着暴风雪飞越过沼泽地朝他们扑来。当它扑到他们身边时，四周全是雪片，斜斜刮来的风也是白白的带着雪片的风。他们的眼睛里，嘴巴里，脖子里，周身都是雪片。当布什几秒钟以后朝地上看了一眼时，地上已经是白茫茫的一片。

"这就是我们想要得到的东西，"福特说，"一场糟糕透顶的暴风雪。"他浑身发抖，把他那尖尖的狐狸脸深深地埋到他外衣的领子里。"来吧，"他说，"让我们看看有没有更多的东西。"

布什又重新跪了下来，在泥土中探摸，好像一个人在一桶锯末中摸彩一样，看上去很慢，很不经意的样子。他掏出了另一个盘子递给了福特。福特看了看和其他三个放在一起。现在福特也跪在了布什旁边，跟他一起掏着土。

整整一个小时，这两个人待在这个小小的三英尺的地块，又是掘土又是扒土。在这一个小时里，他们发现躺在他们旁边的地上的东西，总共不少于三十四件！有碟子、

碗、高脚杯、勺子、汤勺和其他东西。它们都起了壳，可样样都还认得出来是什么东西。而这个时候暴风雪一直在他们周围呼啸打转。雪在他们的帽子上、肩膀上堆起了小山。雪片在他们的脸上融化，冰水像小河一样淌下来，滴在他们的脖子里，一大团半冻不冻的鼻涕始终挂在福特的鼻尖上，像是一朵雪花莲。

他们默默地工作，实在也是冷得没法说话。就这样，一件又一件珍贵的文物出土了。福特小心翼翼地把它们放在地上排成队。每隔一段时间，他都要掸掉一个碟子或是一个勺子上的雪，要不然的话它们就有完全被雪覆盖的危险了。

最后福特说："我看还真不少。"

"是的。"

福特站起来，在雪地上跺跺脚。"从拖拉机上拿只袋子来。"他说。当布什走去拿袋子时，他转身看了看躺在他脚边的三十四件东西。他又数了一遍。它们价值连城，这一点可以确定无疑；它们是罗马人的，这一点也毫无疑问。它们是一个震惊世界的发现。

布什在拖拉机那边叫他："只有一个肮脏的旧袋子。"

"那也行。"

布什拿来袋子，撑开了口，让福特把一件件东西放进去。除了一件全都放了进去。那个结实的两英尺大的盘子太大了，袋子的口没法把它放进去。

两个人这个时候真的冷到了极点，他们有一个多小时一直在野外的田地里跪着扒土，又有暴风雪在他们周围打转。已经下了大约六英寸的雪。布什已经冻得半死。他的脸颊一片死白，他的脚已经像木头一样麻木。当他移动双腿的时候，都感觉不到脚下的地面。他比福特要冷得多。他的外衣和里边的衣服都不太厚，而且从一大早他就坐在拖拉机高高的座位上，任凭狂风吹打。他那铁青苍白的脸绷得紧紧的，无法动弹。他一心就想回到家里烤烤火，他知道他家的炉子一定烧得旺旺的。

福特恰恰相反，他没想着寒冷，他的思想只集中在一件事情上，那就是如何让自己占有这难以置信的宝藏。他清楚地知道他所处的地位要强势得多。

在英国有一条关于找到金银宝藏的很奇怪的法律。这条法律可以回顾到好几百年以前，至今仍然严格执行。这条法律规定凡有人从土地中甚至自家的花园中挖掘出金银，都属于财宝收藏品，属于皇家的财产。在当时，这个

皇家并不真正意味着是国王或者女王。它意味着是国家或者政府。这条法律也规定隐瞒这一发现属于犯罪行为，你绝对不允许隐藏物品，占为己有。你必须马上报告，最好是报告警察局。一旦你马上报告，作为发现人，你有资格接受政府授予的一笔钱，总数相当于该物品的市场价。至于挖掘到其他金属，比如锡、青铜、黄铜，甚至白金，你都可以保存下来，就是金银不行。

这条法律还有另一个奇怪的部分，那就是发现宝藏的人是得到政府报酬的第一资格人。土地的主人什么也得不到——除非发现人属于非法入侵该土地才发掘到宝藏的。但如果发现人受雇于该土地的主人，在该土地上干活，那么全部报酬还是属于发现人。

这样的话，发现人是高顿·布什，而且他不是非法入侵者，他是受雇来干活的。因此这个宝藏只属于布什，不属于任何其他人。他所要做的，只是拿它们去让一个专家马上鉴定，然后转交给警察局。到时候他可以收到政府给的百分之百的报酬——可能有一百万英镑。

所有这一切使福特留在了寒冷的野外，福特很清楚，按照法律他对宝藏没有任何权利。因此，这时他必须提醒自己，他自己掌握这个宝藏的唯一机会只存在于这一事实上，那就是布什必须是一个无知的人，他不知道那条法律，对这个宝藏的价值也没有丝毫概念。还要有这样的可能性，那就是过了几天布什会把这件事情忘得一干二净。他太单纯太没有心机，太相信人，太不自私，在这件事情上没有太多想法。

现在在这孤寂的大雪纷飞的田野里，福特弯下腰，一只手抓住那个最大的盘子，他抬起它一点点，却并不举起它，底下的边沿仍然留在雪地上。他的另一只手抓在袋口顶上，他也没有提起它来，只是抓住它而已。他在打旋的雪花中弯腰曲背，双手抱着这袋宝藏，但没有真正抱在怀里。这只是想办法表示一种占有还有待讨论的姿态。一个孩子会玩这种把戏，当他朝一盘巧克力中最大的一块松饼伸过手去，展开五指时，说："我能拿这一块吗，妈妈？"说这话时，他已经到手了。

"啊，高顿，"福特说着弯下腰去，他戴着手套的手指抓住了那个口袋和那个最大的盘子，"我看你不会要这些旧东西。"

这不是一个问题，这是叙述事实，而架子像是个问题。

暴风雪依然在肆虐。雪片紧密地掉下来，两个人几乎

谁也看不见谁。

"你应该回家去暖暖身子，"福特又说，"你看上去冻得要死。"

"我确实觉得冻得要死。"布什说。

"那你就快快爬上拖拉机，赶回家去，"福特好心体贴地说，"把犁留在这里，把自行车留在我那儿。最最要紧的是回到家里，让你身子暖和起来，不要得肺炎。"

"我想这正是我想干的事情，"布什说，"那个袋子你一个人对付得过来吗？它重得够呛。"

"我可能今天不用操这个心，"福特心不在焉地说，"我可以先把它们留在这儿，明天或者什么时候再回来取一下这些生锈了的旧东西。"

"那就再见，福特先生。"

"再见，高顿。"

高顿跳上拖拉机，在暴风雪中开走了。

福特把口袋扛上了肩，然后艰难地把那个厚实的碟子抓起来，塞在胳膊下面。

"我现在带着，"他跟自己说道，"我现在正带着可能是最大的宝藏，英国整个历史上从来没有挖掘出来过的宝藏。"

那天下午很晚的时候，高顿·布什走进他的小小砖房，又是哈气又是跺脚，他的老婆正在火炉旁边熨衣服。她抬头看见他那张白得发青的脸和白雪在上面起壳的衣服。

"我的天哪，高顿，你看上去就要冻死了！"她大声叫起来。

"我是要冻死啦，"他说，"帮我脱掉这些衣服，亲爱的，我的手指根本不听使唤。"

她脱掉他的手套，他的外衣，他的夹克，他的湿衬衣。她拉掉他的靴子，他的袜子。她抓起一条毛巾用力擦遍他的胸和他的肩膀，血液循环得到了恢复。她还擦了他的脚。

"在火炉边坐下来，"她说，"我给你端一杯热茶来。"

后来他穿着暖和干燥的衣服，背靠椅子，舒舒服服安顿下来，手里拿着一大杯茶，他把那天下午发生的事告诉她听。

"那个福特先生可是一个狡猾的家伙，"她说，"我

从来就不喜欢他。"

"他对这所有的东西全都激动得不得了，这一点我可以告诉你，"高顿·布什说，"他像一只长耳朵大野兔一样跳跳蹦蹦的。"

"他可能是这样，"她说，"不过你也应该有些头脑，不能因为福特先生说要干，你就双手双膝在暴风雪的冰天雪地里爬。"

"我没事，"高顿·布什说，"我现在不是好好地暖和过来了。"

信不信由你，在布什家里，宝藏的话题也就讨论过这么一次。

这里必须提醒读者，那个时候是1942年，正是战争时期，英国正全力投入到抗击希特勒和墨索里尼的拼死战争中。德国轰炸英国，英国轰炸德国，几乎每天夜里都听到大型轰炸机发出的轰鸣声，那是密尔顿豪尔附近机场起飞的轰炸机飞往汉堡、柏林、基尔、维尔海尔姆歇温、法兰克福等地，有时候清晨你会听到它们回来。有时候你能听到德国人飞来轰炸机场。那时布什家的房子会被不远处猛烈轰炸的炸裂声震得发抖。

布什是免服军役的。他是一个农民，一个有技术的把犁人，而且他们告诉他，他1939年自愿参过军，就不必再参军了。岛上粮食供应必须继续保持，他们跟他说，像他这样的人在土地上坚守岗位努力耕种是生死攸关的问题。

福特属于同一行业也免服军役。他是一个鳏夫，一个人生活，因此他能过一种秘密的生活，在家里四墙之内能做一些秘密的事情。

那个可怕的暴风雪的下午，当他们掘出宝藏以后，福特就把它们带回了家，把样样东西都放在后边房间里的一张桌子上。

三十四件不同的物品，放满了整整一桌子！看得出来，它们全都保存得不错，银子没有生锈。地下金属表面上生一层绿色的氧化硬壳甚至能起到保护作用。只要小心处理，这层硬壳是能够去掉的。

福特决定用普通家常的银器上光剂来处理。他把密尔顿豪尔铁匠铺里的大量存货都买来了。然后他挑了那个重十八镑的两英尺的大盘子，首先处理。他在晚上工作，他让盘子浸透了上光剂，然后擦了又擦。光是这样一个盘子，他耐着性子，天天晚上擦，擦了十六个星期。

最后，一个值得纪念的夜晚，他正在擦的东西下面，露出了一小块闪闪发亮的银子，而且银子上面凸现出精美

的图案来，那是一个男人的部分头像。

他继续不断地擦，发光的部分越来越扩展开来，那像是蓝像是绿的外壳越来越向盘子的边缘爬，最后那个大盘子的盘面光辉灿烂地呈现在他面前。盘子上面布满了动物和人，还有许多传说中怪物的神奇图案。

福特对大盘子的美丽大为惊讶。它是那样充满了生命力和动感，这上面有一张凶恶的脸，头发乱蓬蓬的，那是一只跳舞的山羊，长着一个人头。还有许多男人女人和各种各样的动物，都在盘子四周的边上欢跃。他们无疑个个都讲着一个精彩的故事。

接下来他开始清除盘子的反面，花了一个又一个星期。当整个工作完成以后，整个盘子正反两个面都像星星一样光芒四射。他为了保险，把它放在橡木的大餐具柜底层，锁上了柜子的门。

一件又一件，他处理了其他的三十三件。现在一股狂热控制了他，他有一种强烈的冲动要让所有的物件全都发出灿烂的银光来。他要看到所有三十四件放在一张大桌子上，展示出令人炫目的银光。他想要做到这一点，他一心一意拼命工作，要达到他的愿望。

接着他处理了两个小一点的盘子，再接下来是那个有凹槽的碗、那些长柄勺、那些高脚杯、那些酒杯和勺子。件件都同样小心地加以处理，做到同样灿烂夺目。当他全都做好以后，两年已经过去，1944年来到了。

但是，福特不允许陌生人看一眼这些宝贝。他跟任何男人女人都不曾提起过。罗尔夫，那个发现宝藏的西斯特雷绿地地块的主人，都一点也不知道这件事，只知道福特或者福特雇的一个人，曾经开垦过他的土地，而且开垦得特别深特别好。

人们能够猜到福特为什么隐藏了这个宝藏，而没有把它作为宝物收藏去向警察局报告。要是他报告的话，宝藏就会被拿走，而高顿·布什作为发现者就会得到报酬——那是很大一笔钱。因此福特唯一能做的事情就是把它牢牢掌握在他的手里，这样才有可能在以后的日子里悄悄地卖给什么商人或者收藏家。

当然，如果用一种十分宽容的观点来看，福特保留这一宝藏仅仅是因为他爱好美的东西，希望把它们留在他身边。没有人知道真正的答案。

又一年过去了。

后来到了1946年，复活节刚过，有一个人敲响福特家的门。福特前去开门。

"哈喽，福特先生，这些年来你过得怎么样？"

"哈喽，福赛特博士，"福特说，"你一向可好？"

"我很好，谢谢，"福赛特博士说，"很久很久没有见了，是不是？"

"是的，"福特说，"这场糟糕的战争让我们全都脱不开身。"

"我可以进来吗？"福赛特博士问。

"当然，"福特说，"请进。"

休·安德森·福赛特是一个热心钻研的考古学家，战前每一年都要拜访福特一次，为了收集一些古老的石头和箭头。福特收集了一大堆这种东西，他总是很乐意把他十二个月里收藏到的东西，卖给福赛特。它们很少有值钱的东西。好了，这回要有一些好东西了。

"啊，"福赛特说，他在小小的前厅里脱掉了外衣，"啊，啊，啊，我上次来已经是七年以前的事情了。"

"对，这是一段很长的时间。"福特说。

福特领他进了前面的房间，给他看一盒火石的箭头，它们都是在这个地区里收集来的。有些很好，有些不那么好。福赛特在它们中间挑选，给它们分类，已经挑选了一大半。

"没有别的了？"

"是的，我想没有了。"

福特一心希望福赛特博士不曾来过。他甚至希望他马上走掉。

在这个节骨眼上福特注意到一件事情，那让他冒出汗来。他突然看到秘藏品中两只最最美丽的罗马勺子给他遗忘在壁炉架上了。这两只勺子特别让他着迷，因为这两只勺子上分别刻有罗马女孩的名字，多半是皈依基督教的父母在孩子们受洗礼时送给这两个女孩的礼物。一个叫巴斯森蒂亚，一个叫巴比太陀，都是很可爱的名字。

福特吓得出汗，想挡在福赛特博士跟壁炉架之间，甚至想有机会的话，把这两只勺子塞进自己的口袋里。

可是他没有那个机会。

也许福特把它们上光上得太好，银器上有一道小小的反射的闪光，射入了福赛特博士的眼睛。谁知道呢？事实上就是福赛特看见了它们。就在他看见它们的那一刻，他像饿虎扑羊一样扑了上去。

"我的老天爷！"他大声叫道，"这是什么？"

"两件锡器，"福特说，他的汗出得更厉害了，"只是一对旧的锡勺子。"

"锡的？"福赛特叫道，他抓了一把勺子在手指里翻来覆去，"锡的？你把它叫作是锡的？"

"当然了，"福特说，"这是锡的。"

"你知道这是什么吗？"福赛特说，他的声音因为激动高亢起来，"要我告诉你这真正是什么吗？"

"你没有必要告诉我，"福特凶巴巴地说，"我知道它们是什么。那是一些旧锡器，不过很精致。"

福赛特正在读长柄勺上刻的罗马文字。"巴比太陀！"他大声读出来。

"那是什么意思？"福特问他。福赛特拿起另一只勺子。"巴斯森蒂亚，"他说，"漂亮极啦！这是两个罗马孩子的名字！这两只勺子是真正的纯银打成的，我的朋友！是十足的罗马纯银！"

"不可能。"福特说。

"它们漂亮得很！"福赛特叫出声来，他欣喜若狂。"它们绝对完美，叫人无法相信！你究竟在什么地方找到的？晓得找到的地方这一点最最重要！那里还有别的东西吗？"福赛特在整个房间里跳来跳去。

"嗯……"福特舔了舔嘴唇说。

"你必须马上报告它们！"福赛特大声说，"它们是财富收藏！大英博物馆要它们，这是毫无疑问的！你找到它们有多长时间了？"

"刚不久。"福特这样跟他说。

"是谁找到它们的？"福赛特直视着他问。

福特摸了摸靠近他的墙壁，他不清楚究竟干什么才好。

"说呀，伙计！你肯定知道从哪儿得到它们的！当你把它们交出去的时候，每一个细节都得说得清清楚楚。你答应我，你马上带着它们到警察局去！"

"那好吧……"福特说。

"你要是不去，那恐怕我就不得不亲自去报告了。"

福赛特告诉他。

这下无计可施了，福特很清楚，会有成千个问题问他。你怎么找到的？什么时候找到的？你干了些什么？正确的地点在什么地方？你垦的土地是谁的？迟早高顿·布什这个名字不可避免会被提到，那是躲不过去的。接着，他们会问布什，布什会记起宝藏的多少，把一切的一切全都告诉他们。

所以一切全都完蛋啦！在这个节骨眼唯一能做的事情就是打开大餐柜的门，让福赛特博士看整个宝藏。

福特保留着它们没有交出去的借口，只能是他认为它们是锡器。只要他坚持这一点，他跟自己说，他们是拿他没有办法的。

福赛特博士看到碗柜里的东西，可能会心脏病发作。

"这样的东西确实还有不少。"福特说。

"在哪儿？"福赛特叫道，他在房间里转圈，"哪儿，伙计？领我去看。"

"我真的以为是锡器，"福特一边说一边很不情愿地慢吞吞地移步，走向橡木餐柜，"否则我会马上去报告的。"

他弯下腰，给柜子下面的门开锁。他打开了门。

于是休·安德森·福赛特果然差一点心脏病发作，他双膝跪下，上气不接下气，闭过气去。他开始像一只开水壶一样发出噗噗的声音，在语无伦次地说话。他伸手拿出那只最大的银盘，捧在发抖的手里，脸色像雪一样白。他没有说话，也说不出话来，他言语上、身体上和精神上都被这宝藏的奇观震惊，变得完完全全麻木了。

这个故事的有趣部分到此就结束了，余下来就平平淡淡了。福特到密尔顿豪尔警察局做了报告。警察马上来收去了所有三十四件物品，它们在保护下全都送到了大英博物馆去鉴定。

然后，博物馆发了一个紧急公文送到密尔顿豪尔警察局，说这是不列颠岛上发现的最最古老最最精致的罗马银器，具有巨大的价值。博物馆（其实是一个公共的政府机构）希望获得它们，事实上他们坚持要获得它们。

法律的轮子开始转动起来。一个听证会被安排在最近的大镇——伯里圣埃德蒙举行。那些银器在警察特别的保护下也搬到了那里。福特被传唤到验证官和十四人组成的陪审团面前，而高顿·布什——那个沉默的好人也被要求出庭做证。

1946年7月1日是星期一，听证会在那天召开。验证官

仔细盘问福特。

"你认为它们是锡器？"

"是的。"

"甚至在你给它们打光以后？"

"是的。"

"你没有按照步骤通告这方面的任何专家？"

"没有。"

"那你打算怎么处理这些物品？"

"没有任何打算，只是留着它们。"

当他做证结束以后，福特请求让他到外面去呼吸呼吸新鲜空气，他说他觉得有点晕。对这点没有人感到惊奇。

福赛特做出了证词，还有几个博学的考古学家也做了证词，他们都证实这些都是稀世珍宝。他们说那是公元四世纪的东西，是一个富有的罗马家庭的银餐具，被一个郡司法长官的主人埋在地下。公元365至367年，皮克特人和苏格兰人从北方长驱直入，毁掉了许多罗马人的定居点，那家人可能是受到皮克特人或者苏格兰人的蹂躏，从此这一宝藏一直埋在地下一英尺的地方。专家们都说这些物品工艺精美绝伦。有些物件可能在英国制成，但更有可能这些物件都是在意大利或埃及制成的。那个大盘子当然是其中最最精致的一件。盘子中央是尼普顿海神的头像，海豚在他的头发里，海藻在他的胡子里，海仙女和海怪都围着他嬉戏。盘子的宽边上有巴克斯酒神跟他的侍从，他们在狂欢和狂饮。赫尔克勒斯在上面已经醉醺醺的，有两个萨梯扶着他，他那狮子皮已经从他的肩上掉下来了。潘神也在上面，他的山羊腿正在跳舞，他的风笛在他的手中。到处都是酒神的女祭司、女侍从，多半是吉卜赛女人。

法院还告诉大家，有几把勺子上面还有花押字，那两把刻有巴斯森蒂亚和巴比太陀名字的肯定是受洗礼时的礼物。

专家们结束了他们的证词，接着休庭。很快陪审团回来了。他们的裁定结果很使人吃惊。没有任何人为了任何事受到谴责，尽管找到宝藏的人没有马上报告，再也没有资格得到皇家的全额补偿，然而一定程度上的补偿还是会有的。按这种观点，福特和布什被称为共同找到宝藏的人。

不是布什，而是福特和布什两人。

没有什么可说的了，那宝藏为大英博物馆所得。如今它们骄傲地在一个大玻璃柜里展示，让所有的公众参观。已经有许多人从遥远的地方前来欣赏这些赏心悦目的东西，那是高顿·布什在一个冬天的下午冰天雪地狂风大作的情况下从他的犁头下面挖掘出来的。总有一天，会有一两

本书把它们全都编辑进去。这些书里会充满了各种假设和各种深奥的结论，而所有在考古圈子里走动的人全都会对密尔顿豪尔的宝藏永远谈论不休。

作为一种姿态，博物馆奖励共同找到宝藏的人，每人奖一千英镑。布什——那个真正找到宝藏的人很高兴，对得到这么多钱感到很惊奇。他不知道，当初如果允许他把宝藏拿回家去，他早就披露出宝藏的存在，因此成为得到宝藏百分之百价值的合法人。他会得到五十万英镑到一百万英镑之间的奖励。

没有人知道福特对整件事情是怎么看的。他一定松了一口气，而且听到法庭相信他关于锡器的故事，不免有点惊讶。不过至关重要的是，损失这么巨大一笔财富，让他一蹶不振。他在余生中都自责自己会在壁炉架上留下两把勺子让福赛特博士看见。

关于这个故事的注解

1946年，那是三十多年以前，我还没有结婚，跟我母亲一起生活。我每年写两个短篇小说，收入还很丰厚。完成每篇小说要花我四个月的时间。很幸运，国内外有许多人都愿意买我的小说看。

那年四月的一个早晨，我在报纸上读到一条消息，罗马银器古董方面有一个很了不起的发现。四年前有一个庄稼汉在犁田的时候发现了这些古董。那是在萨福尔克郡的密尔顿豪尔，但是这个发现不知什么原因，一直保密到现在。报上说，那是大不列颠群岛迄今为止发现的最大宝藏。现在这个宝藏为大英博物馆收藏。那个庄稼汉叫高顿·布什。

这个关于发现大宝藏的真实故事带给我一股电流般的震颤，一直通到我的两腿，通到我的脚心。读到故事的那一刻，我从我的椅子上跳起来，吃完早饭跟母亲大声说声"再见"，之后便冲向我的车子。那是一辆开了九年的沃尔斯利，我叫它黑硬汉，它一直开得很好，就是速度不太快。

密尔顿豪尔离我家大约一百二十英里，一路要穿行一些像迷津一样的纵横交叉、弯弯曲曲的小公路和乡村小路。我到那儿时已经是午饭时间。询问了当地的警察以后，我找到了高顿·布什一家住的小房子。我敲门的时候，他正在吃午饭。

我问他是否介意谈谈发现宝藏的事情。

"不，谢谢你，"他说，"记者我已经受够了，我的一生剩余的时间里，再也不想见到记者了。"

"我不是一个记者，"我跟他说，"我是一个写短篇小说的人，写好文章卖给杂志社，他们付很多钱。"我

继续跟他说，要是他愿意准确无误地告诉我如何找到宝藏的，我会把它写成一个真实的故事，要是我走运的话，把它卖掉以后，得到的钱我跟他平分。

最后他同意跟我讲。我们在他小小的厨房里坐了几个小时，他告诉了我这个激动人心的故事。结束以后，我造访了跟这件事有关的另一个人。这个人年纪大一些，名叫福特。他不愿意跟我谈话，当着我的面关上了门。但是那个时候，我已经了解了故事，所以我就动身回家了。第二天早晨我就去大英博物馆，看高顿·布什发现的宝藏。那真是神奇非凡，刚看到它们的时候，我再一次感到浑身战栗。

我尽量真实地写下了这个故事，然后把它寄到美国去。一本名叫《星期六晚刊》的杂志买下了它，付了我很多钱。钱寄来的时候，我将如数的一半转寄给密尔顿豪尔的高顿·布什。

一个星期以后我收到高顿·布什先生的一封信，信写在必定是从小学生练习册上撕下来的一张纸上。信上说："当我看到你的支票时，我吃惊极了，这真是太好啦，我要好好谢谢你……"

上面就是这个故事，差不多跟三十年前写下来时一模一样。我很少修改。我只是使一些华丽的章节朴实一点，去掉一些过多的形容词和不必要的句子。

4 亨利·休格的神奇故事

亨利·休格四十一岁还没有结婚。他很富有，已故的父亲留给他一大笔遗产。他不结婚只是出于自私，不肯跟妻子分享自己的大笔财产。

他身高六英尺二英寸，自以为相貌堂堂，其实不然。

他十分注意穿着。他到有名的裁缝那儿定做昂贵的套装，甚至连衬衫和鞋子也是定做的。

他刮脸使用最最高级的剃须膏，他的手非常柔嫩，搽一种含有龟油的护肤霜。

每隔十天有一个专门的理发师为他理发，还顺便替他修剪指甲。

他上面的门牙装上了牙套，因为原来的牙齿有些黄斑，颇不雅观，可手术费贵得叫人难以接受。他的左颊原有一颗小痣，他也让整容医生动手术去掉了。

他驾驶一辆佛兰里轿车，其价值相当于乡下一幢住宅。

他夏天住在伦敦，可到十月份一出现早霜，他就动身到西印度或者法国南部去，在那儿他跟一群朋友厮混。他

的所有朋友全都很有钱。

　　亨利几乎没有一天工作过，他个人的座右铭是："听几句微词也比做一件麻烦的工作好。"他的朋友们都认为这句话很逗。

　　你可以发现，像亨利·休格这样的人像海藻一样在全世界到处漂浮，特别是在伦敦、纽约、巴黎、蒙特卡罗、拿骚、戛纳这样的城市。他们不是特别坏的人，但也不是好人。他们的存在实在无关紧要，只是社会的一种装饰而已。

　　这一类人都是有钱人，都有一个共同的特点：尽管他们已经很富，却一心想富上加富。一百万是说什么也不够的，两百万又怎么会够？他们总有一个永不满足的渴望：要弄到更多的钱。因为他们经常生活在恐惧之中，仿佛哪天早晨一觉醒来，会发现在银行里竟没有了分文存款。

　　这些人为了设法增加财富，使用的全是相同的方法。他们买债券股票，密切注意行情的涨落。他们在赌场下大注玩轮盘赌，玩二十一点。他们还赌马，差不多什么都赌。亨利·休格有一次在利物浦勋爵网球场上参加乌龟比赛，下过一千镑的赌注。还有一次他跟一个名叫埃斯蒙特·汉培雷的人打过一个更愚蠢的赌，赌注是乌龟比赛的两倍。他们是这样赌的：把亨利的狗放到花园里去，他们在窗口观察，两人先猜一猜，狗到了花园里会先向什么东西跷起腿来，是墙呢，柱子呢，花丛呢，还是一棵树？埃斯蒙特猜是墙，亨利在即将打赌以前一连好几天研究他那条狗的习性，猜是一棵树，结果他赢了那笔钱。

由于富有又无所事事，亨利和他的朋友就是用这种荒唐可笑的游戏打发他们无聊的时光。

亨利本人，你可能已经注意到了，只要一有机会，对他这些朋友不免要进行一些小小的欺骗。那次拿狗打赌肯定不是那么光明磊落。还有，要是你想知道的话，乌龟赛跑中他也做了点手脚——赛前一个小时他在对手的乌龟嘴里偷偷地硬塞了一颗小小的安眠药。

现在你对亨利·休格这种人有了一个粗略的概念，我就可以开始讲故事了。

一个夏天的周末，亨利驾车从伦敦到盖德福威廉·温得哈姆爵士家去。那座房子非常豪华，庭园也是一流的，但是星期六下午亨利到达时已经下起了倾盆大雨。打网球打槌球都不行，威廉的游泳池是室外的，游泳也不行。主人和客人闷闷不乐地坐在会客室里看哗哗的雨水打在窗子上。有钱的人最讨厌坏天气，因为他们的钱对这种坏天气却是无能为力的。

有人说："下些大注玩玩卡纳斯塔吧，会很有意思。"

其余人觉得这是个好主意，但是他们总共五个人，有一个人无法参加，他们抽牌决定。亨利不走运，抽到了一张最小的牌。

其余四个人坐下玩起牌来。亨利因为没有入局有点不开心，他溜达出会客室进了大厅，浏览了一会儿墙上的画，又在房子里到处走走，因为没事可干闷得要死。最后他溜进了藏书室。他只爱读侦探小说和恐怖小说。他漫无目的地在藏书室里转来转去，想看看能不能找到一些他喜欢看的书。但是书架上尽是一些皮面的大部著作，作者的名字不是巴尔扎克、易卜生，就是伏尔泰、约翰森，令人厌烦。他刚想离开，目光被一本与众不同的书吸引住了。那是一本很薄很薄的书，他抽出来一看，那无非是一本硬面的练习本，跟孩子在学校里使用的没有什么两样，深蓝色的封面上什么也没写。亨利打开练习本，只见第一页上有手写的印刷字体：

一份会见莫哈特·克罕的报告

此人不用眼睛能够看到东西

约翰·卡特怀特医生作

印度·孟买　1934年12月

这东西看上去有点趣味，亨利想。他翻了一页，里边的文字都是用黑墨水写的，字迹清晰，行文整齐。亨利站着读了头一两页，突然产生了极大的兴趣。他拿着书走到一把皮安乐椅跟前，舒舒服服坐下来就从头读了起来。

以下就是亨利从那本小小的蓝色练习簿上读到的内容：

我，约翰·卡特怀特是孟买综合医院的一名外科医生。1934年12月2日早上我在医生休息室喝茶。当时还有三个医生都在忙里偷闲，喝杯茶休息休息。他们是马歇尔医生、菲利浦医生和麦克法伦医生。

有人敲门，我说了声："进来。"

门开了，进来一个印度人，对我们笑了笑说："请原谅。你们几位先生能不能帮一个忙？"

医生休息室是个闲人免进的地方，除非医生，其他人没有急事是不许随便进来的。

"这里不许随便进来。"麦克法伦医生很不客气地说。

"是，是，"那个印度人回答道，"我知道。像这样闯进来，我非常抱歉，先生们。不过我有一件非常有趣的事想让你们观看一下。"

我们四个都很不开心，因此一声不吭。

"诸位，"他说，"我是一个不用眼睛也能看到东西的人。"

我们仍然没有请他说下去，不过我们也没有轰他走。

"你们用任何方法遮住我的眼睛，"他说，"可以在我头上缠上五十层纱布，我还是能给你们读一本书。"

他似乎认真得很，我的好奇心开始抬头。"过来。"我说。他走到了我跟前。"转过身去。"我继续说道。他转过了身去。我的双手紧紧合在他的眼睛上，他的眼皮闭上了。"现在，"我说，"房间里有个医生举起了指头。告诉我他举起了几个指头。"

马歇尔医生举起七个手指。

"七个。"印度人说。

"再来一次。"我说。

马歇尔医生紧紧握起拳头，藏起了所有指头。

"没有手指头。"印度人说。

"再来一次。"我说。

马歇尔医生还是紧紧握起两个拳头，藏起了所有的手指。

"一个也没有。"印度人说。

我的双手从他眼睛上移开。"不坏。"我说道。

"且慢，"马歇尔医生说，"我们再试试这个。"房门的衣钩上挂着一件医生的白大褂。马歇尔医生把它取下，卷成一条长围巾模样，缠在印度人头上，在后面系紧了两头。"现在再试试他。"马歇尔医生说。

我从口袋里掏出一把钥匙来。"这是什么？"我问。

"一把钥匙。"他回答。

我把钥匙放回口袋，举起空手。"这是什么东西？"我问他。

"什么东西也没有，"印度人说，"你的手是空的。"

马歇尔医生揭下遮在那人眼睛上的东西。"你是怎么做到这一点的？"他问，"这是什么戏法？"

"这里边没有戏法，"印度人说，"那是几年训练以后才有的真本事。"

"什么样的训练？"我问。

"请原谅，先生，"他说，"这是保密的。"

"那你为什么到这儿来呢？"我问。

"我是来求你们一件事的。"他说。

那个印度人个子很高，大约三十岁，淡棕色的皮肤跟

椰子的颜色一样。他留着两撇黑黑的小胡子。奇怪的是，他的耳轮上长满了黑色的茸毛，他穿着一件白色的棉布袍，赤脚穿一双凉鞋。

"你瞧，诸位，"他继续说道，"我现在在巡回演出的戏院里工作混口饭吃，我们刚刚到达孟买。今天晚上我们要公开演出。"

"你们在什么地方演出？"我问。

"王宫大厅，"他回答道，"在阿卡西亚大街。我是主要演员，节目单上我的宣传语为'莫哈特·克罕不用眼睛也能看到东西'。为演出大做广告也是我的责任。要是票子卖不出去，我们就填不饱肚子。"

"那么这事情跟我们又有什么关系呢？"我问他。

"这事你们一定觉得很有趣，"他说，"有趣得很。让我做下解释。你瞧，我们戏班子每到一个新的城市，我就跑到当地最大的医院里去，请求那儿的医生替我在眼睛上缠上纱布，我请他们缠得足够厚。他们必须确保我的眼睛被完全蒙住了。这件事情让医生来做很重要，否则人家就会以为我在骗人。当我的眼睛被完全蒙住以后，我就到大街上去做一件危险的事情。"

"你要干什么？"我问。

　　"那非常有趣，"他说，"只要你们行个方便给我包扎起来，你们会看到我是怎么干的。你们肯做这样的小事，就是帮了我一个大忙，诸位。"

　　我看了看其他三位医生。菲利浦医生说他得回去照料他的病人。麦克法伦医生也这么说。马歇尔医生说："嘿，为什么不呢？这很逗，又要不了多大工夫。"

　　"我跟你一起干，"我说，"不过要干就干得一丝不苟。我们要有完全的把握，他无法偷看。"

　　"你们真是太好啦，"印度人说，"请你们随便怎么包扎吧。"

　　菲利浦医生和麦克法伦医生两人离开了休息室。

　　"在给他缠上纱布以前，"我对马歇尔医生说，"让我们首先封住他的眼皮。封住以后，我们在他眼窝上再放上一些又软又牢又黏的东西。"

　　"什么东西好呢？"马歇尔医生问。

　　"面团怎么样？"

　　"面团再合适不过了。"马歇尔医生说。

　　"好，"我说，"你赶快到医院的面包房里去弄点面团来，我带他到外科手术室封住他的眼皮。"

　　我领印度人走出休息室，穿过医院的长廊，到了外

科手术室。"躺在那儿。"我指指高高的诊疗床说。他躺下了。我在橱里拿出一只小瓶。瓶盖上有个滴眼药水的滴管。"这种东西叫胶棉,"我告诉他,"它会粘在你紧闭的眼皮上变硬,因此你无法再睁开眼睛。"

"那我过后怎么去掉它呢?"他问我。

"酒精很容易溶解掉它,"我说,"它没有一点害处。现在闭上眼睛。"

印度人闭上了眼睛。我把胶棉敷在他的两个眼皮上。"别睁开眼睛,"我说,"等它变硬。"

两三分钟以后,胶棉在他的眼皮上结上了一层硬膜,紧紧地把上下眼皮粘在一起。"睁开眼睛试试看。"我说。

他试了试却睁不开。

马歇尔医生端着一盆面团进来了。那是烘面包用的普通白面团,又软又黏。我拿起一团面团糊在印度人的一只眼睛上。我在整个眼窝上糊满面团,让它跟周围的皮肤粘在一起。另外一只眼睛我也如法炮制。

"不太舒服,是不是?"我问。

"不,"印度人说,"很好。"

"你来缠上绷带,"我对马歇尔医生说,"我的手指太黏。"

　　马歇尔医生拿出一卷三英寸宽的绷带，在那个人头上缠了一圈又一圈。绷带牢牢绷住了药棉垫和面团，马歇尔医生用针别住绷带。干完这些以后，他又拿出一卷绷带，不仅缠在那人的眼睛上，而且缠在那人整个脸上和头上。

　　"请留出我的鼻子好自由呼吸。"印度人说道。

　　"好极啦，"我说，"这样他绝不可能透过绷带看到东西啦。"

　　现在印度人整个头裹在厚厚的白绷带里，能够看到的只有露出来的鼻尖。他好像一个刚做过可怕脑手术的病人。

　　"觉得怎么样？"马歇尔医生问他。

　　"感觉不错，"印度人说，"我得祝贺两位先生干得这么出色。"

　　"那你就走吧，"马歇尔医生朝我笑笑说，"让我们看看你现在看东西还有多清楚。"

　　印度人下了床径直朝门走去，他打开门走了出去。

　　"天哪！"我说，"你看到没有？他一抓就抓到了门球！"

　　马歇尔医生不再笑了，他的脸突然变得刷白。"我要跟上去。"他说着冲出了门，我也冲出了门。

　　印度人很正常地沿着医院走廊一路走去。马歇尔医生

和我跟在后面，与他相隔五米远。看见这样一个头上缠满绷带、脑袋像个大白球似的人满不在乎地走在走廊上，真让人不可思议。当你确实知道他的眼皮封住了，他的眼窝里填满了面团，上面还加有大块的药棉垫和一层层绷带，那就更不可思议了。

我看见一个土著卫生员沿着走廊朝那个印度人迎面而来，还推着一辆送饭的车子。那卫生员猛抬头看见这个顶着白头的人，不由得愣住了。那缠了绷带的印度人随便地从小车旁闪过，又朝前走去。

"他看见了小车！"我叫嚷道，"他一定看见了！他一闪身就过去了！这简直叫人难以相信！"

马歇尔医生并不答话。他的脸颊发白，由于震惊和怀疑而目瞪口呆。

印度人走到楼梯口，并不停顿就走下楼梯去。他下楼并无一点困难，甚至手都不扶栏杆。有几个人上楼来，他们都停下来，惊讶地盯着他，接着连忙让在一旁。

到了楼下，印度人朝右拐弯，向通向大街的门口走去。马歇尔医生和我紧紧跟在他的后面。

我们医院的入口位于马路靠后一点的地方，入口外面有好几条大石阶，通向下面一个金合欢树围绕的小院子。

马歇尔医生和我走到耀眼的阳光下，站在石阶顶上。我们看见下面院子里有一群人，大约一百来个，至少一半是赤脚的孩子，他们看见印度人顶着白大头走下石阶，都向他雀跃欢呼，围了上来。他双手举过头顶向他们致意。

突然我看见一辆自行车。它停在石阶底下的院子一边，有一个小男孩扶着它。自行车相当平常，但是车子后面有一块非常大的布告牌，大约有五英尺见方，固定在后轮的挡泥板上，布告牌上写着：

莫哈特·克罕，不用眼睛也能看东西的奇人！

今天我的眼睛让医院医生上了绷带！

今天晚上和整个下星期晚上七点将在阿卡西亚大街的王宫大厅公演。

切勿错过机会！

你将看到种种奇迹表演。

我们那个印度人到了石阶底下，径直朝自行车那边走过去。他对那个男孩说了些什么，男孩笑了。印度人骑上自行车，人群给他让路。接着，嘿，你瞧，那个眼睛缠上好几层纱布的家伙居然骑着车穿过院子，到了外面车水马龙、喇叭齐鸣的大街上。人群发出更大的欢呼声。赤脚的

男孩在后面奔跑，尖声叫嚷，嘻嘻哈哈。有一会儿工夫，我们还能看得到他，只见他车技超人地骑在繁忙的大街上，汽车在他身旁嗖嗖地开过去，一大堆小孩奔跑着尾随上去。然后他拐了一个弯就看不见了。

"我觉得头有些发晕，"马歇尔医生说，"我怎么也无法让自己相信。"

"我们不得不相信，"我说，"他不可能去掉绷带底下的面团。我们从没有让他离开过我们的视线。至于打开他的眼皮，他至少要花五分钟才行，还得有药棉和酒精。"

"你知道我是怎么想的，"马歇尔医生说，"我们为一个奇迹做了见证。"

我们回转身子，慢慢走入医院。

这天其余时间，我一直在医院里为病人忙碌。傍晚六点我下班驱车回寓所冲了个澡，换了衣服。那时是孟买一年中最热的季节。即使太阳落山以后，还像刚打开的锅炉一样热，就是安安静静坐在椅子上什么事也不做，汗还会从皮肤里渗出来。你的脸整天汗潮潮油光光的，你的衬衫老贴在胸上。我洗了一个很长时间的冷水淋浴，坐在阳台上，腰围一块毛巾，喝了威士忌苏打。然后我再穿上干净的衣服。

差十分钟到七点，我到了阿卡西亚王宫大厅的外面。那个地方不怎么样，那是一个低级的小型娱乐场，不用很多钱便能租用来开会或演出歌舞。有相当多当地的印度人挤在票房外面转来转去。入口处上面有一张很大的海报，宣布国际戏院公司本星期每天晚上在此演出。海报上列了许多节目，有杂耍、戏法、杂技、吞剑、吃火、弄蛇，还有一个独幕剧，名为《邦主和虎女》，不过在所有这些节目之上，以最最醒目的大字标出的是"莫哈特·克罕不用眼睛也能看到东西"的特异功能表演。

我买了一张票进去。

表演从头至尾两个小时。使我吃惊的是，我竟看得津

津有味。所有的演员都非常出色。最后，一阵嘹亮的喇叭齐鸣，我们的朋友莫哈特·克罕登台表演了。我们给他在医院缠的绷带这时已经去掉。

许多观众在台下嚷嚷要用被单、围巾、缠头布蒙住他的眼睛，结果他头上缠了许许多多东西，身体也差点失去平衡。人家给他一把手枪。有一个小男孩走上台来，站在舞台的左边。我认出他就是早上在医院外边扶自行车的那个男孩。那男孩把一个罐头放在自己的头顶上，一动不动地站着。莫哈特·克罕瞄准的时候，大厅里一片死样的寂静。他开枪了，呼的一声，观众都从座位上跳起来。只见那罐头从小孩头顶上飞出去，骨碌掉在地板上。小孩把它捡起来，让观众看上面的子弹洞。人人都鼓掌喝彩，小孩笑了。

然后小孩背靠一块大木板站着，莫哈特·克罕掷了许多飞刀插在他身体周围，大多数飞刀跟他的身体贴得非常近。这个表演出色极了。很少人睁着眼能把飞刀掷得那样准确，可你瞧，这个非凡的人，头裹被单，弄得像个插在棍子上的大雪球，却轻快地将一把把尖刀掷到木板上，插在男孩头顶上的那把，只跟头顶差一根头发！那男孩在整个表演的过程中始终脸带着微笑！表演完这个节目，观众们跺着脚，兴奋地高声尖叫。

莫哈特·克罕的最后一个节目，尽管不怎么惊险，但给人留下更深的印象。有一只金属桶被拿上了舞台。观众被邀请把桶检查一下，确定桶上没有洞孔。于是他们把桶套在莫哈特·克罕已经缠上被单的头上，那桶套过他的肩膀，一直套到他的臂弯，把他的上臂紧紧夹在身体的两侧，但是他还能举起前臂和手。有人把一枚针放在他的一只手上，把一段棉线放在他的另一只手上。他没有一个多余动作，准确无误地把棉线穿过了针眼，我看得目瞪口呆。

演出一结束，我就找到后台去。我在一个虽小却十分干净的更衣室里找到了莫哈特·克罕，他正静静地坐在一张木凳上，那个印度小男孩正在解开缠在他头上的围巾和被单等物。

"哦，"他说，"那是我的朋友，医院里的医生。请进，先生，请进来。"

"我看了你的演出。"我说。

"印象如何？"

"我很喜欢。我认为你非常了不起。"

"谢谢，"他说，"承蒙你这么夸奖我。"

"我得同样祝贺你的助手，"我说着向小男孩点了点头，"他非常勇敢。"

"他不会说英语，"印度人说，"不过我会把你说的话告诉他的。"他很快用印度语对男孩说了几句，男孩庄重地点了点头，却什么也没说。

"瞧，"我说，"今天早上我帮了你一个小忙。你愿不愿意给我一个小小的回报？愿不愿意和我一起出去吃顿晚饭？"

这时他头上的东西都已经被拿掉。他朝我笑了笑说："我看你觉得非常好奇，医生。我没说错吧？"

"非常好奇，"我说，"我想跟你谈谈。"

我又一次注意到他的耳轮外面长了厚厚一层黑色的茸毛。我从未看见过别人耳朵上有这样的茸毛。"以前没有一个医生向我提出过问题，"他说，"不过我并不反对，跟你一起吃饭很荣幸。"

"我在车里等你？"

"好的，先生，"他说，"我得洗洗手，换掉这些脏衣服。"

我告诉了他车子的模样，便到外面去等候了。

他十五分钟以后才出来，穿一件干净的棉布白袍，赤脚穿一双平常的凉鞋。很快我们俩已经舒舒服服地坐在一家小饭馆里，那家馆子的咖喱食品在孟买最为出名，因此有时我也去光顾。我喝啤酒就咖喱食品，莫哈特喝柠檬水。

"我不是一个作家，"我对他说，"我是一个医生。要是你能把你的故事从头至尾告诉我，详细讲讲你如何取得这种神奇的魔力，不用眼睛也能看到东西，我可以尽一切努力忠实地写下来。然后，我或许可以交给不列颠医学杂志发表，或者甚至可以交给某一家更有名的杂志。因为我是医生，不是一个光为钱想卖掉一篇小说的作家，人们对我说的话会严肃认真得多。它能帮助你更加出名，对不对？"

"它会帮我大大出名，"他说，"不过你为什么要这样做呢？"

"因为我非常好奇，"我回答道，"这是唯一的原因。"

莫哈特吃了满满一口咖喱饭，慢慢地咀嚼着，然后他说道："很好，我的朋友。我听你的。"

"好极啦！"我大声说道，"我们一吃完饭就马上回我的寓所，没有人会打扰我们的谈话。"

吃完饭，我付了账，便驾车把莫哈特·克罕带回我的寓所。

在起居室里，我拿出纸笔做记录。我有一套自己发明的速记方法，我用它记录病史，大多数人只要讲话不太快，我都能记录下来。我想那天晚上莫哈特·克罕说的每句话我都逐字记了下来。这就是当时的记录，你看到的就是他当时说话的内容。

"我是印度人，信仰印度教，"莫哈特·克罕说，"我1905年出生在克什米尔省的阿克努尔。我家很穷，我父亲是铁路上的查票员。我十三岁的时候，有一个印度魔法师到我们学校表演。他的名字我记得叫莫尔大师，在印度所有魔法师都自称为大师。他的表演非常出色，给我留下了深刻的印象。我认为那是真正的魔法。我觉得，怎么说呢？我有一种强烈的愿望，要学会这种魔法，因此，两天以后我从家里出走，决定要找到我心目中的新英雄莫尔大师，追随他的左右。我身边带了我所有的积蓄——十四个卢比，连替换的衣服也没带。我穿的是一条白色的围腰布和一双凉鞋。那是1918年，我当时十三岁。"

"我发现莫尔大师去了拉霍尔，在二百英里以外的地方。因此，我独自一人买了一张三等票上火车去追他。

在拉霍尔我找到了大师。他在一个看上去很差劲的演出场地变戏法。我告诉他我对他的崇拜，并自告奋勇做他的助手。他接受了我，我的工钱是一天半个卢比。

"大师教我套圈的戏法，我的活就是站在戏院门前的大街上玩这个戏法，招呼人们进去看戏法表演。

"整整六个星期我都很开心，这比上学好多了。但后来我突然明白莫尔大师并没有什么真正的魔法，他的戏法全靠骗术和手快，这无异于一枚可怕的炸弹在我头上炸开。大师一下子不再是我心目中的英雄。我对我干的活失去了任何兴趣，但与此同时我的头脑中充满了一种强烈的渴望。其他一切都无关紧要，可我说什么也要找到真正的魔法，后来我发现一种所谓瑜伽的神奇力量。

"正在那时我听说了一个名叫巴纳齐的人。据别人说，他是印度一个真正伟大的瑜伽信徒，他具有非凡的功力。人们说得尤其多的是他获得一种绝无仅有的升空功力，因此，他祈祷的时候，整个身体能离开地面十八英寸，悬在空中。

"我想，啊哈，这肯定就是我要找的人。我必须去寻访那个巴纳齐。因此我马上拿了积蓄离开剧团，动身前往恒河边的列希凯希，据说巴纳齐就住在那个地方。

　　"我寻访巴纳齐足足有半年时间。我花掉了所有的积蓄，只剩下了三十五个卢比，寻访还是没有一点结果。有一天，我坐在列希凯希的一个小旅馆里，又一次听人谈到了瑜伽信徒巴纳齐。一个旅行者说，他听说巴纳齐现在正住在丛林里，离这儿不远，不过他只身一人住在丛林深处。

　　"我问那个旅行者巴纳齐究竟在哪里。那个旅行者说不出确切的地址。'说不定，'他说，'就在那个方向，城郊北边。'他用手指了指那个方向。

　　"行，这对我来说已经够了。我到市场上去租了一辆双轮小马车，刚跟车夫讲好价钱，有一个站在一边听我们讲价钱的人走上来，说他想搭乘一段路分担车钱。我当然很乐意，于是我们就出发了，那个人和我坐在车上，车夫在前面赶车。我们走在一条直接通往丛林的小路上。

　　"有时命运真是稀奇古怪！我跟我的旅伴聊天，发现他竟就是那个伟人巴纳齐的门徒，他正准备去拜访他的老师。所以我就直截了当地告诉他，我也想成为一个瑜伽信徒的门徒，但他说这是不可能的。

　　"就这样，我们坐在小马车上往前走了一段路，路上一直在谈巴纳齐的事，我设法小心翼翼地装得漫不经心地

问他一些小事情，比如他每天什么时候开始祷告等等。很快那人说：'我得走了。我在这儿下车。'

"我让他下车，假装继续赶我的路，但我转过一个弯，跟在了那人后面。

"这种紧张的跟踪游戏持续了大约半个小时。突然我再也听不见前面那个人的声音。我停下来侧耳细听。我很担心失去了他的踪迹。我又向前爬了一小段路，忽然我透过茂密的下层丛林，看到前面有一个小小的林中空地，空地中有两间茅屋。那是完全用丛林里的树枝和树叶搭建的小茅屋。我的心跳加速了，感到无比激动，因为我断定这就是瑜伽信徒巴纳齐住的地方。

"那个门徒已经不见了，他一定进了其中一个茅屋。周围一片寂静。所以我对周围的大小树木以及其他一切东西都进行了最最细致的检查。靠近头一个茅屋外面有一个小小的水坑，水坑边上有一个祈祷用的草垫。我想，那是巴纳齐冥想和祷告的地方。水坑附近不到三十码，有一棵大树，那是面包树，枝杈舒展，树叶茂盛，密密层层，你就是在树上铺张床，从树下往上看，什么也看不见。我发现，我可以躲在树上，等巴纳齐出来祷告，那时我就能看到一切了。

　　"整个中午丛林里酷热难熬，时间好像停止了一般，到了下午升腾起蒸蒸的潮气，同样不好受。我一直在小马车旁等待，到了将近五点钟，我悄悄穿过丛林回到茅屋那里，心跳得飞快，我能感觉到自己整个身体都在发抖。我爬上了那棵面包树，藏在茂密的枝叶中，我能看到下面，下面的人却发现不了我。

　　"我坐在树上等着。

　　"突然有一个人走出茅屋来。那人又高又瘦，披一块橘黄色的腰布，端着一只盘子，上面有铜罐和香炉。他走过来盘腿坐在水坑旁边的草垫上，他所做的每一个动作都显得那么平静和轻巧。他身子向前，从小坑里舀起一捧水洒在肩上。他拿起香炉，在胸前来回移动，动作又缓慢又轻柔，就像流水一样。然后他把手掌向下放在膝盖上。他停顿了一会儿，然后鼻子深深地吸了口气。就在他吸气的时候，我突然看见他的脸变了，有一种亮光罩住了他整个的脸，那是一种……对了，那是一种笼罩在他皮肤上的亮光，所以我看到他的脸发生了变化。

　　"他维持那个姿势达十四分钟，处于静止状态，我目不转睛地盯着他看，这时我非常真切地看见他的身体慢慢地、慢慢地升了起来，离开了地面。他仍然盘着腿，手掌向下放在膝盖上，他的整个身体缓慢离开地面，升入空中。这时我能看到日光在他下面透过来。他坐在离地十二英寸的空中，然后十五英寸、十八英寸、二十英寸……很快他离祷告用的草垫至少有两英尺。

"我还一动不动地待在树上观望，我一再告诫自己要仔细察看，确定自己看到的一切准确无误。在你面前三十码以外，一个人四平八稳地坐在空中。你在看着他吗？是的，我在看着他。你能断定你看到的不是幻影吗？你确信这不是骗人的魔术？你有把握这不是你的想象？你能一口咬定吗？是的，我能一口咬定。我说我能一口咬定。我目不转睛，惊奇万分。我长时间凝视着他，然后看到他的身

体正在一点一点向地面降下来。我看着他开始下降，很轻很慢向下移动，向下移动，接近了地面，最后他的臀部又重新落到了草垫上。

"我按表计算，他的身体足足悬空了四十六分钟！

"然后，有很长很长一段时间，超过两个小时，那人保持绝对静止的坐姿，像一尊石像，纹丝不动。我甚至觉得他没有了呼吸。他的眼睛闭着，脸上依然罩着亮光，挂着一丝微笑，这种微笑后来我在任何人的脸上都不曾看到过。

"最后他动了。他的手从膝盖上移开了。他站立起来，弯下腰去，端起盘子，慢慢回到茅屋里去。我又惊又喜，忘掉了一切谨慎，飞快地爬下树来，径直奔向茅屋，冲进了门。巴纳齐正弯着腰在一个盆里洗手洗脚。他背对着我，不过他听到声音，迅速转身直立起来。他脸带异常惊奇的神色，开口问的头一件事便是：'你到这儿来有多久啦？'他的口气很严厉，好像很不开心。

"我马上和盘托出，讲了我在树上观察他的整个过程，最后我告诉他，除了成为他的门徒，我在生活中再也别无所求。我求他收下我做他的门徒。

"他似乎突然激动起来，暴跳如雷地向我嚷嚷。'出去！'他骂道，'从这儿滚出去！滚！滚！滚！滚！'愤怒之中他捡起一块小砖头朝我扔来，打在我右腿的膝盖下面，拉了一条口子，至今上面还有个伤疤。你瞧，就在这儿，膝盖的下边。

"巴纳齐的怒气非常可怕，我吓得转身就逃。我穿过丛林跑回小马车车夫等候的地方，驾车回了列希凯希。但是那天晚上我又鼓起了勇气。我下决心每天都要到巴纳齐的茅屋去，不断地纠缠他，直到他为图个清静，收下我做他的门徒。

"我就这样干了。我每天去看他，他每天像火山爆发一样，把愤怒倾泻在我头上，又是叫又是嚷，我胆战心惊地站在那儿，但仍然顽固地重复我要成为他的一个门徒的愿望。五天里天天如此，然后在我第六次拜访他时，巴纳齐突然变得非常安静非常有礼。他向我解释他本人不能收我做门徒。但他将给我一张条子，让我去见另一个人，是他的朋友，也是一个伟大的瑜伽信徒，住在哈德瓦尔。我到那儿去便能得到帮助和教诲。"

莫哈特·克罕停了下来，问我他是否可以喝一杯水。我给他拿了来，他慢慢喝完，才继续讲他的故事：

"那是1922年，我将近十七岁。我到了哈德瓦尔，找

到了那个瑜伽信徒，因为我有伟大的巴纳齐介绍，他答应教我。

"那他教我什么呢？

"那当然是整个事情中最最关键的部分。我一直如饥似渴孜孜以求的不正是这些吗？所以你可以确信我是一个劲头十足的学生。

"首先教的是最最基本的东西，包括一些不得不做的最最困难的体育锻炼，所有这些锻炼都涉及肌肉控制和呼吸。但是这样做了几星期以后，甚至劲头十足的学生也变得不耐烦了。我告诉瑜伽信徒，我想发展的是精神力量，而不是身体的力量。

"他回答说：'要是你发展了控制身体的力量，那么你自然而然就能控制你的思想了。'但是我要马上控制肉体和精神，我不断地求他，最后他说：'那好，我教你某些练习，可以帮助你集中意识。'

"'意识？'我问，'你为什么提到意识？'

"'因为每个人都有两种思想，意识和潜意识。潜在的思想意识是高度集中的，而人人都在使用的思想意识，却是分散的，集中不起来。它涉及成千上万不同的项目，是你在你周围所看到的和想到的种种东西。所以你必须学会集中它，以便你能凭意志具体化一个项目，只有一个项目，而且绝对没有其他项目。假如你能刻苦练习，你就能集中你的思想。你的思想意识，在你所选择的物体上，至少能够集中三分半钟。不过那要花费十五年时间。'

"'十五年！'我叫了起来。

"'可能还要长久些，'他说，'一般得花十五年。'

"'到那时我岂不成了一个老头儿？'

"'不要失望，'那个瑜伽信徒说，'时间是因人而异的。有的人花十年工夫，少数人花得更少，极其难得也有特殊人物只花一两年工夫就能掌握这种能力。不过那在一百万个人中只有一个。'

"'谁是那些特殊人物？'我问，'他们看上去和别的人有没有两样？'

"'他们看上去都一样，'他说，'一个特殊的人可能是一个扫马路的或是一个工厂的工人，也可能是一个王公。只有开始训练才能区别出来，别无他法。'

"'要在一个单一的物体上集中思想三分半钟，'我问，'真是那么困难吗？'

"'不是困难，简直不可能，'他回答说，'你试试

就知道了。你闭上眼睛想一样东西。只想这样东西，想它的形象，想它在你的面前。不到几秒钟，你的思想开始游移，其他细小的思想不知不觉产生了，其他想象掺杂了进来。这是一件非常困难的事情。'

"哈德瓦尔的那个瑜伽信徒就是这么说的。

"于是我认真练习起来。每天傍晚，我坐下来，闭上眼睛，想象一个人的脸，我选的是我最最亲爱的哥哥。我集中思想想着他的脸。但是我的思想马上开始游移了。我停止练习，休息几分钟，然后重新试验。

"我天天练习，三年以后，我能绝对集中思想在我哥哥脸上一分半钟。我一点点取得进步。但是一件有趣的事情发生了。在做这些练习时，我完全丧失了嗅觉。从此以后我没有恢复过嗅觉。

"那时由于我必须挣钱养活我自己，我不得不离开哈德瓦尔。我到了挣钱机会比较多的加尔各答。很快我靠戏法表演挣起了大钱。不过我还是坚持不懈做练习。每天傍晚，不管在什么地方，我总是安顿在一个安静的角落，练习集中思想在我哥哥的脸上。偶尔我也选择一些跟人体无关的东西作为练习对象，比如一只橘子或一副眼镜，不过那样练习起来更困难。

"有一天，我从加尔各答旅行到东孟加拉湾的达卡，在那儿的一所大学里做变戏法的表演。我在达卡的时候碰巧出席了一个踏火的表演。当时观看的人很多。那儿草坡下面挖了一个大沟。几百个观众坐在草坡上观看下面的大沟。

"那沟大约二十五英尺长。沟里放满了木头、柴火和木炭，上面还浇了许多煤油。煤油已经点着，一会儿过后，整个沟成了一个正在焖烧的火红锅炉。它奇热无比，给它添燃料的几个人不得不戴上护目镜。这时有一股大风刮来，把木炭扇得几乎到了白热的程度。

"那印度的踏火者走上前来，除了一条小小的缠腰布，他全身赤裸，光着脚。观众开始安静下来。踏火者进入长沟，在炙热的炭火上从头走到底。他并不停步，也不匆忙。他只是不折不扣地走在炙热的炭火上，走到头才出来。他的脚甚至没有一点烧伤。他把脚底板给大家看，观众惊奇不已地看着他。

"然后踏火者又在沟里走了一次。这次他走得更慢，当他在走的时候，我注意到他的脸上带着一种绝对专注的神情。我告诉我自己，这个人练习过瑜伽功，是个瑜伽信徒。

"表演过后，那个踏火者向观众号召，有谁敢下来在火上走走。观众鸦雀无声。我突然感到自己胸中激起一阵兴奋。这是我的机会，我必须抓住它。我得有信念，有勇气。我得去火沟里走一回。我已经做了三年多集中思想的练习，这一次到了给我自己一个严峻考验的时候了。

"当我站在那儿转着这些念头的时候，观众里走出一个自告奋勇的人来。这是一个年轻的印度人，他声明他想试试踏火。他促使我做出了决定，我也踏上前宣布我也想试试。观众对我们俩欢呼喝彩。

"这下那个真正的踏火者倒成了监督。他告诉那个年轻人先去尝试。他让他脱掉腰布，他说否则的话布边会因为热量太高而着火，凉鞋也必须脱掉。

"那个年轻的印度人一一照办。但这时他已经靠近火沟，能够感觉到可怕的热气迎面袭来，他看上去害怕起来，他后退几步，双手护在眼睛上挡开热气。

"'你要是不想试的话，不一定要试。'那个真正的踏火者说。

"观众等着看着，意识到有一场好戏。

"那个年轻人尽管吓昏了头，还是希望证明一下他是多么勇敢，所以他说：'我当然要试一下。'

"说完这句话，他便朝火沟奔去。他一只脚踏了进去，跟着另一只脚也进去了。他发出一声可怕的尖叫，又跳了出来，倒在地上。那个可怜的人躺在那儿痛苦地大叫大嚷。他的脚底遭到严重烧伤，有的皮已经烧掉。他的两个朋友奔上去把他带走。

"'现在轮到你了，'那踏火者说，'准备好了吗？'

"'准备好了，'我说，'不过当我开始的时候，请保持安静。'

"观众里又是一片寂静。他们已经看到一个人受到严重的烧伤。这第二个人难道疯了，还要去吃同样的苦头？

"观众里有人叫道：'别试了！你一定是疯了！'另一些人也嚷嚷起来，都叫我放弃。我转过身面朝他们，举起手要求安静下来。他们停止了叫嚷，目不转睛地看着我。这时他们的每只眼睛都盯在我身上。

"我感到异乎寻常的安静。

"我把腰布从我身上扯了下来，脱掉了凉鞋，光着身子站在那儿，只穿一条内裤。我闭上眼睛一动不动地站在那儿。我开始集中思想。我把它集中在火上，除了白热的火炭我什么也看不见。然后我集中思想，想着它们不是热

的而是冷的。我告诉我自己，那炭火是冷的，它们伤不了我。它们不可能烧伤我，因为它们中间并无热量。半分钟时间过去了，我知道我不能等得太久，因为我的思想绝对集中在任何一样东西上只有一分半钟时间。

"我继续保持思想集中，专注到一种入定的状态。我踏到炭火上去。我走得相当快，从头走到底。你瞧，我居然没有烧伤！

"观众疯狂了。他们又是叫嚷又是欢呼。原来那个踏火者冲到我身边检查我的脚底。他简直不相信自己的眼睛，那上面没有一点烧伤的痕迹。

"'哎呀！'他叫道，'这是怎么一回事？你是一个瑜伽信徒吗？'

"'我正在成为这样一个人，先生，'我自豪地回答道，'我在这条路上取得了进展。'

"说完这话，我穿上腰布很快离开了，避免让观众围住。

"我当然很激动。'它正在我身上灵验起来，'我说，'现在瑜伽功终于开始灵验了。'而且我一直在回想另一件事情。我记起了哈德瓦尔那个老瑜伽信徒跟我说过的一件事情。他说过：'据说，某些虔诚的信徒培养了一种高度集中思想的能力，他们能不用眼睛看到东西。'我不断地回想这段话，也不断渴望自己也具备这种能力。在我踏火成功以后，我决定要集中一切精力达到这个明确的目标：不用眼睛也能看到东西。"

一直到这时莫哈特·克罕才第二次中断他的故事。他又啜一口水，然后背靠在椅子上闭上了眼睛。

"我想把所有的事情理出个头绪来，"他说，"我不想把什么遗漏了。"

"你讲得很好，"我告诉他，"讲下去。"

"好，"他说，"当时我还在加尔各答，我刚取得了踏火的成功，而且我决定集中精力在一件事情上，那就是不用眼睛也能看见东西。"

　　"因此，到了我将练习稍稍做些变化的时候了。每天晚上我点一支蜡烛，我开始凝视蜡烛的火焰。你知道，一支蜡烛的火焰有三个分离的部分，顶上是黄色的，下面一点是紫红色的，正中央是黑色的。我将蜡烛放在离我脸十六英寸的地方。那火焰跟我的眼睛绝对在一个水平线上，高一点低一点都不行，丝毫不差。因此，我做练习的时候，眼部肌肉就不必为了看上看下进行哪怕最最微小的调整。我舒舒服服安顿下来，便开始凝视火焰正中央那个发黑的部分。所有这一切只是集中我的思想意识，使它从我周围一切东西中孤立出来。就这样我盯着火焰中的黑点看，一直看到我周围的东西全都消失、别的东西什么也看不见为止。然后我慢慢闭上眼睛，开始像通常一样，集中思想在我选定的单一物体上，你知道，那往往是我哥哥的那张脸。

　　"到1929年我二十四岁的时候，经过每天临睡前的练习，我能集中思想在一样物体上三分钟之多，绝不会有任何思想游移。到了那时，也就是我二十四岁那年，我开始觉得自己闭上眼睛有了一种能微弱地看到东西的能力。这种能力非常微弱，只是一种很奇怪的细微感觉，当我闭上眼睛，目不转睛地对着一样东西，拼命集中精神，我便能看到我对面物体的轮廓。

"慢慢地我开始培养我的'内视意识'。

"你问我这究竟是什么意思。哈德瓦尔那个瑜伽信徒曾向我做过解释，我现在也向你做确切的解释。

"你瞧，我们大家都有两种视觉意识，正如我们都有两种嗅觉、味觉和听觉意识一样。人的外部意识高度发达，是我们都在使用的，但人也有内部意识。我们只要培养这些内部意识，那么我们不用鼻子也能闻到气味，不用舌头也能尝到味道，不用耳朵也能听到声音，不用眼睛也能看到东西。你懂了吗？你难道不明白我们的鼻子、我们的舌头、我们的耳朵和我们的眼睛那只是……我怎么说呢？……那只是帮助我们把知觉本身传达到大脑的一些器官。

"所以我一直在努力培养我的内部视觉意识。每天晚上我做通常的练习，用蜡烛火焰和我哥哥的脸来锻炼。然后我休息一会儿，喝一杯咖啡。接下来我坐在椅子上，蒙上眼睛，设法让东西显现，能够看到，而不只是凭想象。后来我真的不用眼睛便能看到房里的所有东西了。

"渐渐地成功来临了。

"很快我用一副扑克牌来做试验。我拿起面上一张

牌，举在我面前，底面朝我，我想办法透视那张牌。然后，我用另外一只手执笔记下我认为的点数。我又拿起另一张牌如法炮制。这样我把一张张牌的点数都记了下来，然后我再拿这副牌核对记下的数字。我几乎一下子就取得了百分之六七十的成功。

"然后我又用别的东西来试。我买了几张地图和复杂的航海图，钉在我房间的四周。我蒙上眼睛看它们，一看就是好几个小时，我设法看到它们，设法读出标明地名和河流名称的小字。之后四年里我每天晚上进行这种练习。

"到了1933年，也就是去年，我二十八岁，我能读一本书了。我能完全合上眼睛，从头至尾读完一本书。

"现在我终于掌握了这种能力。既然确定我有了这种能力，我再也不耐烦等待了，我立刻把蒙眼表演加入到日常的变戏法节目中去。

"观众很喜欢这种表演。他们长时间地鼓掌喝彩。但是没有一个人相信那是真功夫。人人都以为那只是另一种聪明的手法。事实上因为我是一个变戏法的，所以更使他们相信我在耍弄一些高明的骗术。变戏法的人本来就是骗人的，他们用灵巧的手法骗人，所以没有一个人相信我。甚至那些用最最在行的办法蒙住我眼睛的医生也拒绝相信竟有人不用眼睛也能看到东西。他们忘了还有其他方法把影像送入大脑。"

"还有些什么其他方法？"我问他。

"说实话，我也不清楚自己是怎么不用眼睛看到东西的。不过我知道，当我眼睛蒙上了绷带时，我根本不用眼睛。看到东西是靠我身体的另一部分。"

"哪一部分？"我问他。

"只要皮肤是赤裸的，任何部分都行。举个例子，要是你把一个金属片放在我面前，把一本书放在金属片后面，我就不能读书。但要是你允许我的一只手绕到金属片后面去，那只手能"看"到书，那我又能读了。"

"这一点我对你做个试验，你是否介意？"我问。

"没有关系。"他回答道。

"我没有金属片，"我说，"不过完全可以用这扇门来代替。"

我走到书架那里，随便抽了一本书。那是《爱丽斯漫游奇境记》。我把门打开，请我的客人站在门后，使他看不到门里的情形。我把书任意翻到一页，竖在门另一边的一张椅子上，然后我站在一个适当的位置上，既能看到他，也能看到那本书。

"你能读那本书吗？"我问他。

"不，"他回答道，"当然不能。"

"那好。你可以把手绕到门后来，不过只许把手绕过来。"

他把手伸过门边框，绕到了门后，让手对着那本书的方向。我只见他那只手上的指头一只只伸展开来开始微微地颤抖，在空气中探索，好像昆虫的触角一样。与此同时他的手转了过来，手背对着书。

"试试看，从左边一页头上读起。"我说。

他期间大约有十几秒的寂静，然后非常流畅地读起来，中间没有一次停顿："'你有没有猜出这个谜语？'那个帽子商人又转过身来对爱丽斯说。'不，我不想猜了，'爱丽斯回答道，'答案是什么？''我一点也想不起来。'帽子商人说。'我也是。'野兔说。爱丽斯不耐烦地叹了口气。'我看你们可以做一些更好的事情消磨时间，'她说，'不要再出一些没有答案的谜语浪费时间……'"

"好极啦！"我叫道，"我相信你！你是一个奇迹！"我激动到了极点。

"谢谢你，医生，"他一本正经地说，"承蒙夸奖，不胜荣幸。"

"有一个问题，"我说，"是关于扑克的。你举起一张翻了面的扑克，你是不是也要把手伸到另一面去帮你读出上面的点数？"

"你什么都能察觉，"他说，"不，有时我不需要手的帮忙。要是扑克牌的话，在某种程度上，我完全可以透视它们。"

"这你怎么解释呢？"我问。

"我解释不了，"他说，"唯一可能的解释是扑克牌又轻又薄，不像金属板那样结构紧密，也不像门那样厚实。如果一定要解释，这是唯一的解释。医生，世界上有许多事情，我们无法解释。"

"对，"我说，"肯定不少。"

"你是否愿意帮个忙，现在就送我回家？"他说，"我感到很累。"

我驾车把他送了回去。

那天晚上我没有上床睡觉。我太激动了睡不着。我刚刚亲眼目睹了一个奇迹。这个人能让世界上所有的医生都在空中翻个筋斗！他能改变整个医学教程！从一个医生的角度来看，他必然是最有价值的活人！我们医生必须如获珍宝，保护他，使他安然无恙。我们必须照顾他，不让他

走掉。我们必须把不用眼睛看而把影像送入大脑的道理弄得一清二楚。如果我们能做到这点，那么盲人就能看到东西，聋子就能听到声音了。尤其重要的是，这个不可思议的人再也不能被大家忽视，继续在印度到处游荡，在便宜的旅店里生活，在二流的戏院里表演戏法。

我越想越有劲儿，抓起一个笔记本和一支钢笔，开始小心翼翼地记下那天晚上莫哈特·克辛告诉我的一切。我参考了我在他谈话时做的记录。我一口气写了五个小时，不曾有过停顿。到第二天早晨该到医院上班的时候，我已经完成最最主要的部分，也就是你刚才读过的那几十页报告。

那天早上在医院里，直到喝茶休息的时候，我才在医生休息室里看到马歇尔医生。

我不得不在短暂的十分钟时间里尽可能详尽地告诉他一些情况。"今天晚上我要到戏院里去，"我说，"我还得跟他谈谈。我得说服他留在这儿。现在我们不能失去他。"

"我跟你一起去。"马歇尔医生说。

"行，"我说，"我们先看表演，然后邀他出去吃晚饭。"

那天晚上六点三刻，我让马歇尔医生坐上我的车，一起到了阿卡西亚大街。我停好了车，我们一起走到王宫大厅。

"有点不对头，"我说，"人都到哪儿去啦？"

大厅外面没有拥挤的人群，大厅的门都关上了。广告招贴还在老地方，但我注意到有几个黑漆大字写在上面：今晚演出取消。那些上了锁的大门旁边站着一个上了年纪的看门人。

"发生了什么事？"我问他。

"有人死了。"他说。

"谁？"尽管我的心里已经有数，还是问了一声。

"那个不用眼睛也能看到东西的人。"看门人说。

"怎么死的？"我大声嚷道，"什么时候死的？在哪儿死的？"

"他们说他死在床上，"看门人说，"他上床睡觉，就没醒过来。这种事经常发生。"

我们慢慢走回汽车那儿。我悲愤得不知该怎么办才好。我不该让那个珍宝一般的人昨天晚上回家。我该把他留在身边。我该把自己的床让给他，小心照料他。我不该让他走出我的视线。莫哈特·克罕是创造奇迹的人。他能传送神秘和危险的力量，这种力量是普通人所无法得到的。他

也打破了所有的规则。他在公众面前表演奇迹，以表演奇迹的方式赚钱。而且，尤其糟糕的是，他把一些秘密告诉了一个不相干的人——我。他就这样死了。

"这下全都完了。"马歇尔医生说。

"是的，"我说，"这事全都结束了。没人会知道他是怎么干的。"

然而这是一份真实和详尽的报告，详细记录了我与莫哈特·克罕两次见面有关的一切内容。

医学博士　约翰·卡特怀特（签名）
孟买　1934年12月4日

"很好，很好，很好，"亨利·休格说，"要说这件事确实非常有趣。"

他合上笔记本，看着雨水哗哗打在藏书室的窗子上。

"这，"亨利·休格大声地自言自语道，"是一份了不起的资料。它能改变我的生活。"

这份资料提醒亨利的是，莫哈特·克罕训练自己，便能读出一张扑克反面的点数。亨利是个赌徒，而且是个不那么诚实的赌徒，马上就明白了一点，那就是他只要做同样的事情训练自己，他就可以发大财。

亨利十分清楚，在赌场上几乎所有一切都取决于最后翻出来的是张什么牌，如果你事先知道那张牌的点数，那么你就一定必赢无疑！

但他能这么做吗？他真的能训练自己做这件事情吗？

他看不出这有什么不能的。资料上所说的用蜡烛火焰进行训练看上去并不特别困难。而且按照那本子上所说，真正需要做的只是盯视火焰的中央，设法把思想集中在你最最喜欢的一个人的脸上。

达到这个目的可能要花费他几年时间，可话又说回来，谁不愿意为了在赌场上百战百胜心甘情愿地训练那么几年呢？

"天哪！"他大声地说，"我要马上动手干！"

他静静地坐在藏书室的安乐椅上，制定出一套作战计划来。首先，他不能告诉任何人他准备干些什么。他要把这个本子偷出藏书室去，以免他的朋友中有人会偶然发现它，知道这个秘密。他今后无论去什么地方都要随身带着它。这个本子就是他的圣经。

亨利站起身来，把那本薄薄的蓝色练习簿偷偷藏在他的上装袋里。他踏出藏书室，径直上楼去了。他拿出自己

的箱子，把本子藏在衣服底下。然后他重新下楼，找到配膳室去。

"约翰，"他对管家说，"你能给我找支蜡烛吗？就是普通的白蜡烛。"

所有的管家都受过训练，不问为什么，他们只是单纯地服从吩咐。"你不想再要一个蜡台吗，阁下？"

"是的。一支蜡烛和一个蜡台。"

"很好，阁下。要不要送到你的房里去？"

"不。我就在这儿逛逛，你现在就去把它们找来。"

管家很快找到了蜡烛和蜡台。亨利说："现在你能不能再为我找把尺子？"那管家找了把尺子。亨利谢了他以后回了自己的房间。

他进屋便把门锁上。他拉上了所有的窗帘，使房间里半明半暗。他把插上蜡烛的蜡台放在梳妆台上，拉过一把椅子来。当他坐下时，他很满意地注意到他的眼睛刚好跟蜡烛的芯子处在同一个水平线上。接下来他用尺子让自己的脸距离蜡烛十六英寸，完全按照本子上规定的去做。

那个印度人想象自己最心爱的人的脸，那个人是他的哥哥。亨利没有兄弟，他决定变动一下，想象自己的脸。这是一个很好的选择，因为像亨利这样一个自私和以自我为中心的人，最爱的就是他自己的脸，而不是别人的。更何况，这也是他最最熟悉的脸。他花过大量时间照镜子，因此，他了解脸上的每一条曲线和每一条皱纹。

他用打火机点着了烛芯，出现了一道黄色的火焰，不停地燃烧着。

亨利一动不动地盯视着蜡烛的火焰。本子上写得一点也不错。你仔细观察，那火焰确实有三个分离的部分。外面是黄色的，包在里边的部分是紫红色，正中央有一个小小的黑区，一片漆黑。他盯着那个小小的黑区看，把眼睛对准了它，一动不动地凝视。在他这样做的时候，一件异乎寻常的事发生了。他的思想似乎成了一片空白，他的脑子停止游移不定，而且他突然感觉到仿佛他自己，他整个身体，确实装入了火焰，舒舒服服地坐在那个空无一物的小小黑区中。

亨利毫无困难地让自己的面容浮现在自己的眼前。他集中思想在这张脸上，除了这张脸什么也不想。他排除了其他一切思想。他完全成功地做到了这一点，虽然只有十五秒钟左右。这以后，他的思想开始游移，他发觉自己在想赌场和要赢多少钱。这时，他把目光从蜡烛上移开去，让自己休息一会儿。

这仅仅是他头一次尝试。他浑身战栗。他试过了，应该承认，他并没有保持很长时间。但印度人在他头一次尝试时也同样不能保持很长时间嘛！

几分钟以后，他又试了一回，这次也不赖。他没有按秒表记下时间，不过他感觉到这次肯定比头一次时间长。

"好极啦！"他叫道，"我一定会成功！我一定会达到目的！"以前从来没有什么事使他这么兴奋过。

从那天起，无论他在什么地方或在做什么事情，亨利决不忘记每天早晚用蜡烛进行练习。他常常中午也进行练习。在他的生活中，这还是头一次真正热情地投入一件事情。他取得的进步非常显著。六个月以后，他能让思想完全集中在自己的脸上不少于三分钟，在这期间其他思想都没有进入他的头脑。

那位哈德瓦尔瑜伽信徒曾经告诉过印度人，一个人需要练习十五年才能取得这样的成绩！

等等！那个瑜伽信徒还说过一些话。他说过，在极为罕见的情况下，某一个特殊的人物只需一两年工夫就能练出这种功力来。（关于这点亨利在那个小小的蓝本子上如饥似渴地查阅了上百次。）

"那就是我！"亨利叫道，"那一定是我！一百万人中只有我一个，天生就具有以不可思议的速度练成瑜伽功的能力！好哇！要不了多久，我就能让欧美每个赌场的庄家破财了！"

但是亨利在这点上显示出不同寻常的耐心和理智。他并不急于拿出一副纸牌，试试能不能从牌的反面读出牌的点数来。事实上，他远远避开各种各样的纸牌游戏。自从他开始蜡烛练习以来，他早就放弃了打卡纳斯塔、桥牌以及其他扑克。不仅如此，他也放弃了跟有钱朋友开晚会、欢度周末等花天酒地的生活。他把自己的一切精力用在练成瑜伽功这唯一的目标上，其他的一切都不得不在他取得成功以后再说。

第十个月里，有一次练习的时候，他感到自己闭上眼睛有了一种能看到东西的微弱能力，正如莫哈特·克罕以前一样。

"瑜伽功正降临在我的身上！"他叫道，"我要练成了！这真是不可思议！"

这下他用蜡烛练功练得更勤奋了，到了头一年年底他居然能集中思想在自己的面容上达五分半钟之多！

到了这时，他决定该是用纸牌试验一下自己的时候了。他是将近半夜在伦敦寓所的起居室里做出这个决定

的。他拿出一副纸牌、一支铅笔和纸，激动得颤抖不已。他把那副纸牌正面向下放在眼前，然后集中思想在牌的背面上。

起先他能看到的只是纸牌背面的图案。那是一个细红线条的图案，非常普通，是世界上最常见的一种纸牌设计。接下来他把注意力从花纹本身集中到纸牌的另一面。他高度集中思想在看不见的纸牌正面，不让任何杂念进入他的思想。

三十秒钟过去了……

一分钟过去了……

两分钟……

三分钟……

亨利一动不动。他的思想高度集中，而且绝对专一。他在让纸牌的另一面显现出来，任何其他思想都不允许进入头脑。

到了第四分钟，一些情况开始发生。渐渐地，黑色记号变成了黑桃形状，十分神奇，却又十分清晰，接着黑桃边上出现了5这一个数字。

那是黑桃5！

亨利中止集中思想。他伸出哆哆嗦嗦的手指拿起这张牌翻了过来。

它果然是黑桃5！

"我行了！"他大声叫嚷，从椅子上跳起来，"我能透视纸牌了！我摸到了门道！"

休息一会儿以后，他重新试验，这回他使用一个秒表看看他花多长时间做到这一点。三分五十八秒以后，他读出那张牌是方块老K。完全正确！

再下一次他又读对了，这次花了三分五十四秒，减少了四秒钟。

他兴奋得满头大汗但也筋疲力尽。"今天足够了。"他告诉自己。他站起身来，给自己倒了一大杯威士忌，然后坐下来休息，为自己的成功沾沾自喜。

他告诉自己，现在的任

务是要用纸牌不断地进行练习，要练到能马上透视。他深信能做到这一点。他在第二次记秒时已经减少了四秒钟！他可以放弃用蜡烛进行练习，先集中思想在纸牌上面。他要夜以继日地进行练习。

他正是这样做的。如今他闻到了不久将来会真正成功的气味。他变得比以前更狂热了，除了买食物和饮料，从不离开寓所。整整一天，而且往往直到深夜，他都低头弯腰盯在纸牌上。

一个月里，他已经减少到一分半钟。

经过六个月高度集中的练习以后，最后他把时间缩减到了二十秒钟。但即便如此，时间还是太长。你在赌场赌牌的时候，发牌的人在等你说要不要下一张牌，不允许你目不转睛地盯着看二十秒钟再下定决心，只允许三四秒时间，不能再多了。

亨利坚持不懈。不过，从那时起减少时间变得越来越困难。从二十秒减少到十九秒他花了一个星期的时间。从十九秒减到十八秒花了将近两个星期。等到他能够花十秒透视一张牌，又过去了七个多月。

他的目标是四秒钟。他知道，除非在最大极限的四秒钟里能够透视一张纸牌，否则他在赌场里无法取得成功。然而越是接近目标，困难也就越大。他花了整整四个星期，才从十秒减到九秒，又过了五个多星期才从九秒减到八秒。到了这个阶段，艰苦练习已经不再使他烦恼。他那集中思想的能力已经发展到一口气持续十二个小时也毫无困难。他绝对肯定自己最终能达到目的。在达到目的以前，他决不能停下来。一天又一天，一夜又一夜，他把秒表放在身边，埋头在纸牌上，进行着高度紧张的战斗，他要把最最顽固的最后几秒钟从他的时间中驱逐出去。

最后三秒钟最最可恶。从七秒钟减少到他的目标四秒钟，他花了整整十一个月！

伟大的时刻是在一个星期六的晚上到来的。他面前的桌子上放着一张倒翻过来的纸牌。他咔嗒一声按下秒表，开始集中思想。他立刻看到了一团红色，那团东西很快变形，成了一个方块。然后，几乎在同一瞬间，一个数字6出现在左上角。他又咔嗒一声按下秒表。他看了下时间，四秒整！他把牌翻过来，是一张方块6！他成功啦！他用四秒就能读出点数来啦！

他又用另一张牌做了试验。四秒钟里他读出那是一张黑桃皇后。他试了整副牌，对读每张牌所花的时间都做了记录。都是四秒！四秒！四秒！全都相同。他终于成功

145

啦！他准备出击啦！

他做集中思想的练习花了整整三年三个月的时间。

现在该向赌场进军了！

这天是星期六的晚上。星期六晚上赌场总是人头攒动。这就更好了，引起注目的可能性更少一点。他走进卧室换上晚礼服和黑领结。星期六晚上伦敦的大赌场里十分讲究穿着。

他决定去爵士馆。伦敦有一百多家合法赌场，但没有一个是向公众开放的。在你踏入赌场以前，你必须先成为一个会员。亨利有不下十个赌场的会员证。爵士馆是他最喜欢去的赌场，在英国这个赌场最最优雅也最难加入。

爵士馆是伦敦中心一座乔治五世时期的公馆建筑，十分华丽。两百多年以前，它是一位公爵的私人宅第，现在转入合法经营赌场的人手中。那些天花板高高的房间十分华美，过去王公贵族经常聚集在那里打打惠斯特，如今却挤满了赌徒。

亨利驱车前往爵士馆，在宽敞的入口处外面停了车。他踏出汽车，却并不熄火。有一个身穿绿色制服的侍者马上走上前来，为他去停放车子。

街头的道路两旁停着大约十二辆罗尔斯·罗伊斯高级

轿车。爵士馆只属于最最有钱的人。

"喂，休格先生！"柜台后面那个人说道，"我们已经好几年没见你啦！"

"我一直很忙。"亨利回答道。他登上宽大无比的楼梯，两旁有弯弯的桃花心木扶手。上楼走进出纳室，他在那儿开了一张一千镑的支票，出纳员给他十个粉红色长方形的塑料大筹码，每个值一百镑。亨利将它们放进口袋，然后在几个房间转悠了一下，找回久违的种种感觉。今晚那里人可真多。营养充足的妇人们站在轮盘赌的转轮四周，好像一些肥肥的母鸡围着一只喂料槽，胸口和手腕上全都闪烁着珠光宝气。男人都穿着晚礼服，他们一个个脸色通红，嘴唇之间叼着雪茄。他们的眼睛里都闪着贪婪的光。

这一切亨利全都注意到了。他生平头一次用厌恶的目光看待这些有钱的赌场常客。这以前他总是把他们当作自己的伙伴，今天晚上他们显得粗俗不堪。

他不明白，难道三年多来瑜伽功的练习使他有了一些小小的变化？

他站在那儿观看转轮。一张长长的绿色赌台上，人们都在押他们的筹码，想猜中转轮下一次旋转时那个小小的

白球会掉入哪一个小槽里。亨利看着那个转轮。也许是由于习惯成自然，他突然发现自己开始集中思想在那个东西上面。这不难理解，在一秒钟若干分之几的时间里，他的思想完完全全确定无疑地集中到了转轮上。房间里所有的其他东西，吵闹声、人群、灯光、雪茄的烟味全都从他的思想里抹去了。他所看到的只有圆圆的光亮的轮盘和小小的白色数字。数字从1到36，1到36之间还夹着一个0。所有的数字很快在他眼前变得模糊而且消失了。只剩下18这一个数字。他能看到的只有这一个数字。最初它稍稍有些模糊，好像焦点没有对准。然后它的棱棱角角出来了，白色变得明亮了，变得灿烂了，最后放出一种光来，好像它后面有一盏光线很强的灯。数字本身越来越大。亨利停止集中思想，房间里的一切又重新浮现出来。

"你们都准备好了吗？"赌场上管赌台的人说话了。

亨利从口袋里掏出一个一百镑的筹码，放在绿色赌台上标着18的方块里。尽管赌台上放满了其他赌客的赌注，押18的却只有他一个。

管赌台的人旋转转轮。小小的白球在轮缘四周跳跳蹦蹦轻轻掠过。赌客们都在看，他们的视线都集中在那个小球上。转轮慢了下来，它正在停下来。那个球又轻轻地跳动了几下，仿佛犹豫了一阵，然后干净利落地落入了18号槽。

人们都在叹气。管赌台的助手用一把长柄的木铲把输家的筹码全都铲走，三千六百镑悉数落到了亨利的口袋。助手给了他三个一千镑的筹码和六个一百镑的筹码。

亨利开始感觉到一种异乎寻常的力量感，他感觉只要他想要的话，他可以毁了这个地方。他可以在几小时之间摧毁这座超高效的销金赌窟。他可以从他们那儿拿走一百万，而所有站在周围的赌客——那些脑满肠肥、呆若木鸡的绅士，看见他的钱滚滚而来，都会像受惊的老鼠一样四散逃窜的。

他要不要这样做？

这是一个很大的诱惑。

但这样做一切也就完了。他会变得出名，以后世界上任何地方的赌场再也不会让他进去了。他说什么也不能这么做。他必须非常小心，别让大家把注意力集中到自己的身上。

他装出一副漫不经心的样子，走出轮盘赌的房间，逛到了赌二十一点的房间。他站在门道上观察动静。里面有四张桌子，那些玩二十一点的赌台形状非常古怪，每一

张像一弯月亮，赌客坐在外面半圈的高凳上，庄家站在里边。

几副纸牌（爵士馆里通常四副牌一起洗）放在一只末端开口的箱子里，箱子形状像一只鞋子，庄家用手指从"鞋子"里抽出一张张牌来。"鞋子"里面上头一张牌的反面总能被看到，其他牌就看不到了。

赌场里的所谓二十一点，其实是一种非常简单的游戏。这种游戏还有黑杰克、博点子等名称。玩牌的人设法让他的几张牌加起来尽可能接近二十一点，但如果他超过二十一点，他就"爆炸"了，庄家吃掉赌注。几乎每手牌，赌牌的人都面临一个问题：冒"爆炸"的危险再要另一张牌呢，还是手里有几点就算几点？但是亨利没有这个问题。在四秒钟里，他已经透视了庄家提供给他的那张牌，早就知道该说要还是不要。亨利可以把赌二十一点变成滑稽的表演。

在所有赌场上，二十一点下赌，不像在家里玩的那样，有一条很难应付的规则。在家里玩，我们在下赌注以前，先看了自己的头一张牌，如果那是一张好牌，赌注就下得高。赌场却不允许你这样做，他们坚持赌桌上的每个人在分到第一张牌以前下注。不仅如此，以后你可以进牌的时候也不能加注。

这条规则也难不倒亨利。只要他坐在紧靠庄家的左边，每一轮开始发牌他总能得到"鞋子"里的头一张牌。对他来说那张牌的反面是可以清楚看到的，而且他在下注以前可以通过透视读出它的点数。

这时他就静静地站在门道口。亨利在等四张桌子中哪张庄家的左边位子有空。他不得不等上二十分钟才得到他想要的位子。

他坐上了那张高高的凳子，递给庄家一枚一千镑的筹码。"请全换成二十五镑的。"他说。

庄家是一个年轻人，黑眼睛，灰皮肤。他从不微笑，只在必要的时候才说话。他的手长得出奇，手指上似乎有计数器。他拿下亨利的筹码，把它丢在桌子的一条槽中。那个庄家又取了两摞筹码，一摞二十个，一共四十个，推到了亨利面前。

亨利把筹码摞在面前，一边摞，一边看"鞋子"上面的一张牌。他发功集中思想，四秒钟里他读到那是一张十点。他推出八个筹码，共二百镑。那是爵士馆里赌二十一点所允许的最大赌注。

他分到了那张十点，因为他的第二张牌是九点，一共

十九点。

拿到十九点的人差不多都不再要牌，坚守十九点，希望庄家不要拿到二十点或二十一点。

所以当庄家问了一圈下来回到亨利那儿，他说"十九点"就算过去了，庄家再去问下一个赌客。

"等一下。"亨利说。

庄家停了下来，又回到亨利那儿。他的眉毛竖了起来，他用那双冷冷的黑眼睛打量着他。"你十九点还要牌？"他有点挖苦地问。他用意大利口音说话，既有轻蔑的口吻，也有嘲笑的口吻。一副牌里只有两种牌不会让十九点"爆炸"，那就是爱司（作一点计算）和两点。只有白痴拿到十九点再冒险要牌，特别是有二百镑押在赌台上的时候。

下一张要发的牌放在"鞋子"前面，可以清清楚楚地看到，至少它的反面可以清清楚楚地看到。庄家还没有碰它。

"是的，"亨利说，"我看，我还要一张牌。"

庄家耸了耸肩膀，从"鞋子"里翻出一张牌来。一张梅花2干净利落地落到亨利面前，跟十点和九点排在一起。

"谢谢，"亨利说，"这就行啦。"

"二十一点。"庄家说。他那双黑眼睛盯着亨利的脸看,他用那种警惕和迷惑的目光注视着亨利。这个人镇定自若以十足的把握继续要牌,确实令人惊愕,而且他赢了。

亨利看到了庄家的目光。他马上意识到自己很蠢,犯了一个错误。他表现得太聪明了,引起了别人的注意。他决不能再重复这一错误。他必须有时候使自己成为输家,每隔一阵子做一些小小的傻事。

赌博在继续进行。亨利的优势非常明显,他费了不少事让他的赢面保持在一个合理的数字上。每隔一阵子他要第三张牌,尽管他知道那张牌肯定要使前面两张牌"爆炸"掉。还有一次,他看见放给他的头一张牌是爱司,却故意下最小的注,事后装腔作势地大声咒骂自己为什么事先不下大注。

不到一个小时,他赢了整整三千镑,就此歇手。他把筹码装进口袋,回到出纳室,把筹码换成现钞。

他玩二十一点赢了三千镑,加上轮盘赌赢的三千六百镑,一共赢了六千六百镑。事实上他告诉自己,就算赢六十六万镑也同样轻而易举,他现在毫无疑问成了整个世界上赚钱最快的人。

出纳员收下亨利的一大堆筹码和塑料牌。他的肌肉没有半点抽搐。他戴着一副钢边的眼镜，眼镜后边的一对灰色眼睛对亨利并不感兴趣，它们只看着账台上的筹码。他计算出亨利一百二十个筹码只花了五秒钟时间。

"休格先生，要不要支票？"他问。出纳员跟楼下柜台上的那个人一样，熟记每个会员的名字。

"不，谢谢你，"亨利说，"我拿现钞。"

"遵命。"钢边眼镜后面的声音传来。他转身走到办公室后面在保险箱里取款。保险箱里一定装了好几百万钞票。

按照爵士馆的标准，亨利赢的那些钱微乎其微。那时伦敦刚好来了几个阿拉伯石油大王，他们都喜欢赌钱。一些远东来的靠不住的外交官，一些日本商人，一些逃税的英国不动产投机商也喜欢赌钱。每天在伦敦大赌场里，他们或输或赢，而且大多是输，数目大得惊人。

出纳员拿着亨利的款子回来了，他把一捆钞票丢在账台上。尽管这些钱足够买一幢小房子或一辆大汽车，爵士馆的出纳主任却不稀罕。他抛出这么多钱的反应跟递给亨利一包口香糖的反应不相上下。

"你等着，我的朋友。"亨利把钱装进口袋时暗暗对自己说，"你就等着吧。"他走了出去。

他没有马上开车回去而是沿街溜达起来。那时已将近午夜，夜里空气很凉爽。这座繁华的大城市没有丝毫睡意。亨利想，就干了一小时，这笔钱可真不算少啊！

将来会怎样？

下一步怎么样？

他可以在一个月里弄到一百万。

他想要的话，还可以弄到更多的钱。

他在夜晚的阵阵凉意中走过伦敦的街道，开始设想下一步的行动。

假如这不是一个真实的故事，而是一个编造出来的故事，写到这里就有必要设计一个出人意料和激动人心的结尾了。这样做并不困难。那一定很有戏剧性，不同寻常。因此，在告诉你真实生活中亨利究竟发生了什么事以前，让我们不妨在此停顿一下，看看一个胜任的小说作家会给这个故事设计一个怎样的结局。他的笔记看起来一定像这个样子：

1．亨利必须死掉。像以前的莫哈特·克罕一样，他违犯了瑜伽的规则，把瑜伽功用于个人获利。

2．他最好以某种异常独特而趣味无穷的方式死去，这

会使读者更感到意外。

3. 比如说，他回到自己的寓所，数起钱来，一副得意洋洋的样子。正在这时他可能突然感到不舒服，感到心口疼。

4. 他变得惊慌起来，决定马上上床休息。他脱掉衣服，光着身子走到柜子那儿去取睡衣。他经过钉在墙上的大型穿衣镜时，他停了下来，盯着镜子里光着身子的自己。由于习惯的力量，他不知不觉开始集中思想。然后……

5. 突然，他在透视自己的皮肤了。他透视皮肤的情形跟他透视那些纸牌有些相像。它像一张X光照片，不过完美得多。X光只能看到骨头和最最密集的组织，亨利却能看到一切。他能看到动脉静脉和血液的流动。他看到自己的肝、肾和肠子，还能看到自己跳动的心。

6. 他盯着胸口感到疼痛的地方看。他看到，或自以为看到，从右手边通入心脏的大静脉里有一个小小的深色肿块。在静脉里边一个小小的深色肿块会干什么呢？它必然是某种阻塞。它一定是个血块！一个凝血块！

7. 起初，这个血块似乎是静止不动的。后来它移动起来，移动的距离非常微小，不到一两毫米。静脉里的血液在血块后面搏动，从它那儿冲了过去，那血块又移动了，它突然向前推进半英寸，静脉的上方通向着心脏。亨利恐怖地看着。他跟世上差不多所有人一样，清楚一个血块脱离出去在静脉中穿行，最终会到达心脏。假如血块很大，它就会粘在心脏上，就会有死亡的可能……

假如这是一部小说作品，这个结尾不太坏。但是这个故事并非小说，它是一个真实的故事。不真实的地方只有亨利的姓和赌场的名字。亨利不姓休格，他的姓不得不保密，这个姓氏至今必须受到保护。由于同样显而易见的原因，我们也不能直接说出赌场真正的名字。除了这些以外，这是一个真实的故事。

正因为它是一个真实的故事，它必须有一个真实的结尾。这个真实的结尾不像编造出来的那样怪异和富有戏剧性，不过仍然很有趣。下面便是真正发生的事情。

在伦敦的街道上逛了一个来小时，亨利回到爵士馆取车。他驾车回自己的寓所。那时他对自己都十分迷惑，他不懂自己为什么对这巨大的成功兴奋不起来。同样的事情发生在三年以前，在他还没有开始接触瑜伽功以前，他会激动得如痴如醉。他会在街上跳舞，冲到附近的夜总会去喝香槟庆祝。

奇怪的是，他真的一点也不感到激动，他反而很忧郁。这一切来得有点太容易了。每次下注，他都必赢无疑，既没有刺激，也不用担心，根本没有输的危险。他当然很清楚，从现在起他可以环球旅行弄到几百万钞票，不过这样做有什么趣味呢？

亨利渐渐开始悟出一个道理来，如果一样东西你想要多少就能得到多少，那么那样东西便失去了任何趣味，特别是钱。

还有一件事。是否有这样的可能？在他为了获得瑜伽功所经历的过程中，他完全改变了对生活的看法？

这肯定也是不可能的。

第二天早上他很晚才醒来。但是他觉得自己并不比头天晚上更开心。他下床看见一大捆钞票还躺在梳妆台上，忽然产生一种极端的反感。他不想要这些钱。他无论如何也说不清为什么会这样，不过事实摆在面前，他压根儿不想要其中任何一张钞票。

他拿起那捆钞票，全是二十镑一张的钞票，准确地说，总共有三百三十张。他走到他寓所的阳台上，穿一件暗红色的丝绸睡衣站在那儿朝楼下的街道望去。

亨利的寓所坐落在柯松大街，那是一个伦敦正中最最时髦最最繁华的住宅区，人称贵族住宅区。柯松大街一头通往贝克莱广场，另一头通往花园巷。亨利住在三楼，卧室外面有个带铁栏杆的小小的阳台，突出在街道上面。

那是六月份，上午阳光明媚，时间大约十一点钟。尽管是星期天，人行道上还是有些人在溜达。

亨利从一沓钞票里抽出一张二十镑的钞票，从阳台上丢出去。一股微风吹来，只见钞票朝花园巷方向吹去。亨利站在那儿看着它最后落在街对面一个老头儿的正前方。那老头儿穿着一件棕色的长大衣，大衣很破旧，还戴一顶松软的帽子。他独自一人走得很慢。他看到了吹过脸旁的钞票，停下来捡了起来。他双手捧着它凝视着，他把它翻过来，更仔细地凝视。然后他抬起头向上看。

"嘿，嘿！"亨利把一只手做成喇叭状大叫道，"这是送给你的礼物！"

老人静静地站着，把钞票拿在面前，眼睛望着阳台上面的人影。

"把它放在你的口袋里！"亨利嚷嚷道，"把它拿回家去！"他的声音沿着街远远传开去，许多人停下来向上看。

亨利抽出另一张钞票扔下去。下面观看的人并不挪

动。他们只在那里观看，不知道发生了什么事。当那张钞票飘下来时，人人都盯着看。纸片吹在马路对面人行道上一对手拉着手的年轻男女旁边。那男的放开女的的手，想去抓吹过他身旁的纸片。他没有抓住，却在地上把它捡了起来。他细细地察看。马路两旁观看的人的视线都集中到年轻人身上。

"是一张二十镑的钞票！"那年轻人跳上跳下，大声叫嚷，"一张二十镑的钞票！"

"收下！"亨利对他叫嚷，"那是你的！"

"你这话当真？"那男人回话说，高高地举起那张钞票，"我真的能收下吗？"

突然马路两旁响起了一阵激动的沙沙声，人们一下子开始移动。他们奔到马路当中，聚集在阳台底下。他们的胳臂高举在头上，嚷嚷起来："给我！给我一张怎么样？丢一张下来，大老板！再扔几张下来！"

亨利又抽出五六张钞票扔了下去。

当这些纸片吹散在空中向下飘去的时候，有人尖叫，有人呼喊。当人群伸手能够到纸片时，街上发生了一场十足的老式混战。不过大家心情都很好，人们在哈哈大笑。他们认为这是一个异想天开的玩笑——那儿有个人穿着睡衣站在三层楼上向空中抛撒大面值的钞票。在场的人中有不少生平还没有见到过一张二十镑的钞票呢。但是，这时开始发生了另外一些情况。

这一消息沿街传播开去，传播速度是十分惊人的。亨利的所作所为像闪电一样传遍了整条柯松大街，而且朝一条条大街小巷传开去。人们从四面八方奔来，不到几分钟时间，大约有一千多个男女老少围在亨利的阳台底下，堵住了马路。那些车子开不过去的司机也下了车，加入了围观的人群。柯松大街上突然一片混乱。

就在这时，亨利干脆举起手臂，把整捆钞票朝空中抛撒。六千多镑钞票纷纷扬扬向下面尖声高叫的人群飞去。

接下来的混乱真使人大开眼界。人们不等钞票落地便跳起来到空中去抓，人人都在推啊挤啊，有的在叫，有的跌跤，整个地方吵吵嚷嚷，你争我夺，乱成一团。

在这一片喧嚣声中，亨利突然听到他自己身后的公寓门铃大作，响个不停。他离开阳台，开了门。一个小胡子警察站在外面，双手放在自己的臀部上。"你！"他气鼓鼓地吼道，"你就是那个家伙！你瞧，你究竟在干什么？"

"早上好，警官，"亨利说道，"对于这群人我很遗憾，我没想到事情会变成这样。我只是撒掉一些钞票。"

"你引起了骚乱！"警察吼道，"你造成了交通阻塞！你正在激起一场暴乱，整个交通都瘫痪了！"

"我说我很遗憾，"亨利回答道，"我不会再干了，我保证。他们很快就会走开的。"

警察的一只手从屁股上拿开，手掌间亮出一张二十镑的钞票。

"啊哈！"亨利叫道，"你自己也拿到了一张！我很快活！我替你高兴！"

"现在你马上停止胡闹！"警察说，"因为关于这些二十镑的钞票，我有一些严肃的问题要问你。"他从上衣口袋里掏出一个笔记本。"首先，"他继续说道，"这些钞票你究竟从哪儿弄到的？"

"那是我赢来的，"亨利说，"昨天晚上我手气很好。"他说出了他在哪家赌场赢的钱，警察把它记录在他的小本上。"你去核实好了，"亨利补充道，"他们会告诉你这是事实。"

警察放下笔记本，直视着亨利的眼睛。"作为事实，"他说，"我相信你的故事。我认为你讲的是真话。但是这丝毫也不能成为你所作所为的借口。"

"我并没有做错什么事。"亨利说。

"你是一个头号的年轻傻瓜！"那个警察大声叫道，他又重新激动起来，"你是一头笨驴和一个低能的白痴！你很走运，赢了一大笔钱，想送掉那一笔钱，可也别把它们扔到窗外去呀！"

"为什么不呢？"亨利咧嘴笑着问道，"这跟其他摆脱钱的方法一样很好啊。"

"这他妈的是蠢得不能再蠢的方法！"那警察嚷嚷道，"你就不能把它们送到能做一些好事的地方去？比如说，送给一家医院，或者一家孤儿院？我们国家到处都有孤儿院，它们甚至圣诞节都没钱为孩子们买件礼物。瞧，这里竟冒出这么一个小傻瓜来，都不知道孤儿院是个什么

样，那儿有多缺钱，而他却把钱扔到大街上去！这真使我要发疯了！"

"孤儿院？"亨利说。

"是的，孤儿院！"警察叫道，"我就是在孤儿院里长大的，我总该知道孤儿院是个什么样吧！"说完这话警察转身走了，他很快下楼梯朝大街走去。

亨利没有动窝。警察的话，特别是他真诚的愤怒劈头盖脸打来，击中了亨利的要害。

"孤儿院？"他大声说，"这是个主意。但是为什么光给一个孤儿院呢？为什么不给许许多多孤儿院？"这时他很快想起了一个非常了不起的念头，这个念头改变了他的一切。

亨利关上门，回到自己的寓所。突然他感到肚子里翻腾着一种强有力的兴奋。他开始踱来踱去，心里在盘算能让他那了不起的念头有可能实现的办法。

"第一，"他说，"在我的生活中，我每天都能掌握一笔巨款。"

"第二，一年中，同一个赌场我只能去一次。"

"第三，在任何一个赌场赌钱或跟任何人赌钱，我都不能赢得太多，以免引起怀疑。我建议一个晚上赢钱保持在两万镑以下。"

"第四，每晚赢两万镑，一年三百六十五天将是多少？"

亨利拿纸笔算了算。

"它将达到七百三十万镑。"他大声说。

"很好。第五，我要保持不断转移，在一个城市里我不能一连赌两三个晚上。我要从伦敦到蒙特卡洛，然后到戛纳，到比阿里兹，到丢维勒，到拉斯维加斯，到墨西哥城、布宜诺斯艾利斯、拿骚等等。"

"第六，用我赢来的钱，我要在我访问的每个国家里建立一个绝对一流的孤儿院。我将成为一个罗宾汉。我将从赌场经纪人以及赌场业主那儿取钱来给儿童。这听上去是不是有点天真，有点感情用事？它确实有点像是梦想。不过要是我真的干起来，它是能实现的，既不天真也不感情用事。它会非常了不起的。"

"第七，我不需要别人帮忙。只要有个人坐在家里照料这些钱，买房子，组织整个事情。一个管钱的人，我可以信赖的人。约翰·温斯顿怎么样？"

约翰·温斯顿是亨利的会计。他经管亨利的所得税，亨利的投资，解决所有跟钱有关的问题。亨利认识他已有

十八年，两人之间已发展成一种友谊。请记住，尽管到那时为止，约翰所了解的亨利只是一个有钱的浪荡公子，生平还从来没有做过一天工作。

"你一定是疯了，"亨利把计划告诉他时，约翰·温斯顿说道，"还没有人设计过一个打败赌场的机制。"

亨利从口袋里拿出一副还没有打开过的新牌。

"来，"他说，"我们来玩会儿二十一点，你做庄家。别以为我在这些牌上做了记号，这是一副崭新的牌。"

温斯顿的办公室的窗子面朝伯克尔广场，两个人一本正经地坐在窗前玩了将近一小时的二十一点。他们用火柴杆做筹码，每根火柴值二十五镑。五十分钟以后，亨利赢了不下三万四千镑！

约翰·温斯顿不相信他会赢那么多。"你是怎么弄的？"他问。

"把那副牌放在桌上，"亨利说道，"面朝下。"

温斯顿照他的吩咐去做。

亨利在面上的那张牌上集中思想四秒钟。"那是一张红心杰克。"他说。果然不错。

"下面一张是红心三点。"果然不错。他把整副牌一张张过了一遍，说出每张牌的点数来。

　　"接下来，"约翰·温斯顿说，"告诉我你是怎么做到的。"这个通常十分沉静具有数学头脑的人在桌子上俯身向前，用两只明亮得犹如两颗星星般的大眼睛盯着亨利看。"你懂吗？你正在做一件完全不可能的事情！"他说。

　　"并不是不可能，"亨利说道，"只是很难做到。我正是世界上能做到这一点的人。"

　　约翰·温斯顿桌子上的电话铃响了。他拿起听筒对秘书说："苏珊，请别接电话，我告诉你时再接。就算是我妻子的电话也别接。"他抬起头看着亨利，等他说下去。

　　亨利向约翰·温斯顿和盘托出他是怎么获得这种功力的。他告诉他有关莫哈特·克罕的那本笔记本，然后他又讲了自己从不间断地练习了三年、训练自己集中思想的事。

　　他讲完以后，约翰·温斯顿说："你试过踏火吗？"

　　"没有，"亨利说，"我也不想去试。"

　　"是什么使你想起能在赌场上用纸牌做这件事情的？"

　　亨利告诉他头天晚上去爵士馆的情形。

　　"六千六百镑！"约翰·温斯顿叫道，"你没说瞎话，赢了那么多真钞票？"

"听着，"亨利说，"刚才不到一小时我就赢了你三万四千镑！"

"这么说你真赢过。"

"六千是我能赢的最低数字，"亨利说，"我好不容易才克制住自己别赢更多。"

"你会成为地球上最有钱的人。"

"我不想成为地球上最有钱的人，"亨利说，"我再也不要钱了。"他把自己的孤儿院计划告诉了他。

他说完以后问道："你跟我一起干吧！约翰，你愿意做我的银行家，以及一切事务的管理人吗？每年都会有几百万镑的收入。"

约翰·温斯顿——一个小心谨慎的会计，根本不会因为当时受到刺激就表示同意。"我要亲眼看你行动再说。"他回答道。

那天晚上他们一起到柯松大街的里兹俱乐部去。"现在我们要隔好些时候才能再到爵士馆去。"亨利说。

在轮盘赌上，头一次转盘亨利下注一百镑在二十七点上。球果然落在二十七点上。第二次他下注在四点上，也给他押中了。他总共赢了七千五百镑。

有一个站在亨利旁边的阿拉伯人说："我刚输了

五万五千镑。你是怎么赌的？"

"运气，"亨利说，"纯粹是运气。"

他们转移到赌二十一点的房间里，在那儿不到半小时，亨利又赢了一万镑，然后他就歇手了。

到了外面街上，约翰·温斯顿说："现在我相信你了。我跟你一起干。"

"我们明天开始。"亨利说。

"你真的想每天晚上都这么干吗？"

"是的，"亨利说，"我得很快地从一个地方转移到另一个地方，从一个国家转移到另一个国家。每天我会通过银行把赢来的钱寄回你那儿去。"

"你知不知道一年里总共加起来有多少钱？"

"几百万，"亨利快活地说，"大约一年七百万。"

"那样的话，我就不能在这个国家开展业务，收税的人会把所有这一切全都收去的。"

"随便你到哪儿去，"亨利说道，"对我来说没有什么区别。我完全信赖你。"

"我要到瑞士去，"约翰·温斯顿说，"不过不是明天。我不能说停就停，说走就走。我不像你，你是一个无牵无挂不必对谁负责任的单身汉。我得跟妻子、孩子谈

谈。我必须通知公司里的合伙人。我必须卖掉我的房子。我必须在瑞士找到另一幢房子。我必须把孩子从学校里转出来。我亲爱的伙计，这些事情都需要时间！"

亨利从口袋里拿出他刚刚赢来的一万七千五百镑，交给了约翰。"这里有一小笔现款，可以让你过渡并安顿下来，"他说，"但是快一点。我想开始干起来了。"

不到一个星期，约翰·温斯顿到了洛桑，他的一个办公室耸立在一个可爱的山坡上俯瞰日内瓦湖。他的家庭将尽快地跟他一起去瑞士。

亨利也到一家家赌场干起来了。

一年以后，他寄给在洛桑的约翰·温斯顿的钱稍稍超过八百万英镑。钱是一星期五天寄给瑞士一家名为"孤儿救世军"的公司。除了约翰·温斯顿和亨利没人知道钱来自何处，要用于何处。至于瑞士当局，他们从来就不想知道钱来自何处。亨利寄这些钱都通过银行。星期一的汇款总是数量最大，因为里边包括了亨利星期五、星期六以及星期天赢来的钱，周末银行不开门。他转移的速度十分惊人，约翰掌握他究竟在何处的唯一线索只能是某月某日他在某地的银行里汇了款。头一天它可能来自马尼拉的一家银行，第二天便来自曼谷的一家银行。汇款来自拉斯维加斯，来自库拉索，来自自由港，来自大开曼、圣胡安、拿骚、伦敦、比阿里兹……它来自只要有大赌场的每个城市，不论它在哪个国家哪个地区。

整整七年一切都很顺利。大约有五亿镑寄到了洛桑，并被安全地存进了银行。约翰·温斯顿已经建立了三个孤儿院，一个在法国，一个在英国，一个在美国。还有五个正在筹备之中。

后来终于遇到了一个小小的麻烦。赌场的业主之间开始流传一条小道新闻。亨利一向异常小心，任何一个晚上决不从任何一个地方拿去太多的钱，然而这条新闻还是流传了开来。

有一天晚上，亨利在拉斯维加斯稍不谨慎，从三家不同的赌场里各赢了十万美元，而这三家赌场又恰巧是同一伙人开的，因此他们盯住了他。

事情的经过是这样的。第二天早晨亨利正在旅馆的房间里整理行装准备去飞机场，突然传来了敲门声。一个侍者走进来对亨利小声说有两个人在门厅里等他。那侍者说后面的太平门另外有人把守。他还说那些人很不好对付，要是这时亨利下楼去，侍者估计他很少有活命的机会。

"你为什么来告诉我？"亨利问他，"你为什么站在

我这一边？"

"我并不站在谁那一边，"那侍者说，"不过我们都知道你昨天晚上赢了一大笔钱。我想给你透个消息说不定你会送一件顶呱呱的礼物给我。"

"谢谢，"亨利说道，"不过我怎么脱身呢？你要是能把我从这里弄出去，我给你一千美元。"

"那很容易，"侍者说，"脱掉你自己的衣服，穿上我的制服。然后带着箱子大模大样穿过门厅。不过走之前你得把我绑起来。我得被捆住了手脚躺在这儿的地板上，这样他们就不会想到我帮你了。我会说你有一把枪，我毫无办法。"

"哪儿去找绑你的绳子呢？"亨利问。

"我的口袋里就有。"侍者咧嘴一笑说。

亨利穿上侍者金绿两色的制服，然后他把那个人用绳子结结实实地绑起来，嘴里还塞了块手帕。最后他在地毯下面塞了十张一百元的美金，以便侍者事后去取。

下面门厅里有两个粗壮的黑头发矮个子打手，监视着电梯里出来的人。但他们对穿金绿两色制服的人几乎看都不看一眼。亨利带着箱子走出电梯，不慌不忙地穿过门厅，出门到街上去。

　　亨利在飞机场换了班机，乘下一班飞机到了洛杉矶。他告诉自己，从那时开始，事情变得不太容易了。但是那个侍者使他有了一个新主意。

　　在洛杉矶，靠近好莱坞的贝弗利山——电影界人士居住的地方，亨利找到了一个最最出色的化装大师。他叫马

克斯·英格曼。亨利拜访了他，并马上喜欢上了那个化装
大师。

"你能挣多少钱？"亨利问他。

"哦，大约一年四万美金。"马克斯告诉了他。

"我给你十万美金，"亨利说，"如果你肯跟我走，
做我的化装大师。"

"你有什么好计划？"马克斯问他。

"让我来告诉你。"亨利说。他果然告诉了他。

马克斯是亨利对之和盘托出的第二个人。当亨利表演
给马克斯看他能读出纸牌背面的点数时，马克斯大吃了一
惊。

"我的天哪，伙计！"他大叫道，"你能挣一份大家
业！"

"我已经有了，"亨利告诉他，"我已挣了十份大
家业！不过我还想再挣十份。"他把孤儿院的事告诉了马
克斯，在约翰·温斯顿的帮助下，他已经建立了三个孤儿
院，有更多的正在筹备。

马克斯是一个黑皮肤的小个儿，他是在纳粹进入维也
纳时逃到美国的。他从未结过婚，毫无牵挂。他变得出奇
地热心。"这真荒唐！"他大喊道，"这是我生平听到过

的最最荒唐的事！我跟你一起干，伙计！让我们这就干起来！"

从那时起，马克斯·英格曼跟亨利一起到处旅行，他随身带的大衣箱里有一整套假发、假胡子，有短腮边胡子，也有小胡子，还有许多你从未见过的化装材料。他可以把他的主人变成三四十个模样，保证哪个模样你都认不出来。那些赌场的经理现在一直在守候亨利，却从来没有识破过亨利·休格先生的真实面目。事实上那段拉斯维加斯的插曲发生后不到一年，亨利和马克斯居然又回到了那个危险的城市，并在一个温暖的星光灿烂之夜，非常冷静地从他过去访问过的头一家大赌场里取走了八万美金。他是化装成一个年老的比利时外交官员前往的，他们遭了劫还全然不知。

现在亨利不再以本来面目出现在赌场上。这当然有许多其他细节需要处处小心，比如假身份证和假护照等等。例如在蒙特卡洛，一个访问者在被允许进入赌场以前照例必须出示护照。亨利在马克斯的帮助下，去蒙特卡洛访问过十一次，每次都化不同的装，都使用不同的护照。

马克斯很喜欢这份工作。他爱为亨利创造新的不同角色。"今天我要让你扮演一个全新的角色！"他会这样

宣布，"等一会儿你就会看到！今天你将是一个阿拉伯酋长，来自科威特！"

"你有没有阿拉伯护照？"亨利问，"有没有阿拉伯钞票？"

"我们什么都有，"马克斯回答道，"约翰·温斯顿给我送来了一份可爱的护照，是酋长殿下阿卜宾贝！"

事情就像这样继续下去。几年过去，马克斯和亨利亲密得像兄弟一样。他们是讨伐军的弟兄，两人迅速在空中转移，榨取世界赌场的乳汁，把钱直接送到瑞士的约翰·温斯顿那儿去。瑞士有一家名叫孤儿救世军的公司变得越来越富。

亨利去年去世，享年六十三岁。他的工作完成了，他为此刚好工作了二十年。

他的私人资料本上开列了二十一个不同国家不同岛屿的三百七十一家主要赌场。这些赌场他都访问过许多次，从来没有输过钱。

按照约翰·温斯顿的计算，他一共赢了十亿四千四百万镑。

他留下二十一个设备齐全、管理良好的孤儿院，分布在世界各地，他访问过的国家都有一个这样的孤儿院。所有这些孤儿院行政管理和财务管理都由洛桑的约翰和他的职员们负责。

但是我既不是马克斯·英格曼，也不是约翰·温斯顿，怎么会知道这所有一切的呢？我又怎么会写下以上的故事呢？

我来告诉你。

亨利逝世后不久，约翰·温斯顿从瑞士打电话给我。他简单地自我介绍了一下，自称是孤儿救世军公司的负责人，问我是否愿意到洛桑去看他，筹划一下写这一组织的简史。我不知道他是怎么知道我的名字的。他可能有一张作家的名单，按名单一个个问过来。他说，他会付我很高的报酬。他还补充道："有一个著名的人物最近过世了。他的名字叫亨利·休格。我觉得人们应该对他所做过的事有所了解。"

我对这事全然不知，就问这个故事是否真正有趣，值得写出来发表。

"那好，"那个现在掌管十亿四千四百万镑的人说，"忘了这件事吧。我会请别人写的。世界上会写作的人多的是。"

这下刺激了我。"不，"我说，"等一下。你至少能

告诉我一下，谁是亨利·休格，他做过一些什么事。我从来没听见过他的名字。"

在五分钟的时间里，约翰·温斯顿在电话中告诉我一些有关亨利·休格的秘密事业。这已不再是秘密，亨利已经死了，不会再赌。我听了以后，完全被迷住了。

"我坐下一班飞机就到。"我说。

"谢谢，"约翰·温斯顿说，"我很感激。"

我在洛桑遇见了约翰·温斯顿，他已经七十出头，我也遇见了马克斯·英格曼，他也差不多这个年纪。他们俩依然在为亨利的死伤心不已。马克斯甚至比约翰·温斯顿还要伤心，因为马克斯已经在他身边待了十三年了。"我爱他，"马克斯说，他的脸上笼罩着一片阴影，"他是一个伟大的人。他从来不想到自己。赢来的钱他一分一厘都不留下，只花掉一些旅费和伙食费。听着，有一次我们在比阿里兹，他刚到银行汇掉五十万法郎给约翰。那时到了午饭时间，我们到一个地方吃了一顿简单的午餐，一份煎鸡蛋和一瓶葡萄酒。账单送来，亨利竟没钱付账，我也没有钱。他真是一个可爱的人。"

约翰把他所知道的一切全都告诉了我。他把医生约翰·卡特怀特那个暗蓝色的笔记本拿给我看，他是1934年在孟买写的报告。我逐字逐句抄录了下来。

"亨利总把它带在身边，"约翰说，"到后来他把整个报告都背了下来。"

他还给我看孤儿院救世军公司的账本，二十多年来亨利一天天赢钱的账都记在上面。看到这些真实的数字真是令人大吃一惊。

当他讲完的时候，我对他说："故事里有个大漏洞，温斯顿先生。关于亨利的旅行以及他在世界各大赌场的冒险故事，你几乎什么也没说。"

"那是马克斯的故事，"约翰·温斯顿说，"他全知道，他一直跟亨利在一起嘛。不过他想尝试尝试自己写下来。他已经动手了。"

"那为什么不让马克斯写整个故事呢？"我问。

"他不想写，"约翰·温斯顿说，"他只想写亨利和马克斯的故事。他要真能写完的话，那肯定也是一篇奇异的故事。不过他现在跟我一样已经上了年纪，我怀疑他是否写得下来。"

"还有最后一个问题，"我说，"你一直叫他亨利·休格。'休格'，是'糖'的意思，没有这个姓。你还没有告诉我他是不是真姓休格。我写这篇故事，你是不是要

我别提他的真正姓氏？”

　　"是的，"约翰·温斯顿说，"马克斯和我说定决不透露他真实的姓氏。哦，这也许或迟或早会泄露的。不管怎么说，他出身于一个相当有名的英国家族。你要是不刨根问底的话，我将十分感激。就只叫他亨利·休格先生好了。"

　　我也正是这样做的。

5 天 鹅

　　欧尼生日那天得到了一把0.22口径的来福枪。那是星期六早上，他的父亲正懒洋洋地坐在沙发上看九点三十分的电视节目，说道："让我们看看你能打中什么，小子，让你自己有出息一点！晚饭带回一只兔子来。"

　　"湖那边的大田里有许多兔子，" 欧尼说道，"我看到过。"

　　"那就到那边去逮一只，"他的父亲边说，边用一根断了的牙签剔除早饭嵌在两只前牙里的残渣，"去给我们打一只兔子来。"

　　"我会打两只来。"欧尼说。

　　"回家的路上给我带一大瓶淡啤酒来。"

　　"那你给我钱。"欧尼说。

　　父亲的眼睛没有离开电视屏幕，他在口袋里摸出一张一镑的钞票来，说道"你别揩油我的零钱，像上次那样。要是揩油了，我要把你的耳朵拧得肿起来，不管是生日还是不是。"

"放心。"欧尼说。

"你要是想练习开枪射得准的话,"父亲说,"射鸟是最好的办法。让我们看看你能打到多少只麻雀!"

"行,"欧尼说,"篱笆边的小路一路上尽是麻雀。打麻雀很容易。"

"要是你以为打麻雀很容易,那你打一只雌鹪鹩试试。雌鹪鹩只有麻雀一半大,从没有一秒钟是安静的。在你信口开河说你有多聪明以前,你先打一只雌鹪鹩看看。"

"我说,阿尔倍特,"他老婆说,"在孵小鸟的季节射鸟总不太好吧。打兔子我不介意,可孵小鸟的季节打鸟完全是另一回事。"

"闭上你的嘴,"那父亲说,"没有人征求你的意见。听我的,小子!"他跟欧尼说:"你在街上别显摆这个东西,因为你还没有得到许可证。把枪塞进你的裤腿里,到了乡下再拿出来,懂吗?"

"放心。"欧尼说。他拿起枪和子弹盒,就出去看看他能杀死一些什么了。他是一个个儿很大的乡下孩子,过了生日就十五岁了。跟他那开卡车的父亲一样,他有一对细长的小眼睛,在鼻尖上靠得很近。他的嘴巴闭不拢,嘴唇老是湿湿的。生长在一个暴力几乎天天发生的家庭里，他自己也成了一个极端粗暴的人。差不多每个星期六下午，他跟他的一伙朋友总是坐火车或者公共汽车去看足球比赛，要是他们没打个头破血流就回到家里，那他们就认为这一天算是白过了。他最大的一些乐趣就是课后抓住一些小男孩，把他们的胳膊拧到背后，然后命令他们说他们父母的一些坏话和脏话。

"哦！求求你，欧尼，求求你！"

"说！要不拧掉你的胳膊！"

他们往往照他的吩咐去做。于是他再狠狠地拧一下对方的胳膊，这才放了眼泪汪汪的受害者。

到了雷蒙德家门口，欧尼把两个手指放在嘴里，吹了一声尖尖长长的口哨。雷蒙德出来了。"瞧我得到了什么生日礼物！"欧尼说着，亮了亮枪。

"哎呀！"雷蒙德说，"有了这家伙我们能找许多乐子。"

"那就来吧，"欧尼说，"我们到湖那边的大田里去打一只兔子。"

两个男孩出发了。那是五月份一个星期六的早晨，两个男孩居住的小村庄周围都是很美丽的农村景色。栗子

树花正在盛开，篱笆边的山楂也开着白花。为了到那个有兔子的大田，欧尼跟雷蒙德先得走一条篱笆边的小路，大约半英里。然后他们一定要穿过铁路线，绕过一个大湖，那儿有野鸭、黑水鸡、黑鸫和大番鸭。绕过大湖，越过一座小山，在小山的另一边，有一片给湖水冲刷出来的兔子地。那都是私人领地，属于道格拉斯·海顿先生，大湖本身是一个水禽的禁猎区。

小路上他们一路轮流射击树篱里的小鸟，欧尼射死一只红腹灰雀和一只篱雀，雷蒙德打死了第二只红腹灰雀，还有一只灰莺和一只金翼啄木鸟。每打死一只鸟，他们都把鸟腿串在一根绳子上。雷蒙德无论走到哪里，他那夹克衫的口袋里总带着一大团绳子和一把刀子。他们两个有五只小鸟挂在一根绳子上。

"你总晓得吧，"雷蒙德说，"我们可以吃了它们。"

"别说傻话啦，"欧尼说，"一只鸟身上的肉还不够喂一只地鳖的。"

"法国佬和爱尔兰佬也吃鸟的，"雷蒙德说，"那是桑德斯先生在上课时说的。他说那些外国佬竖起网来，抓它们抓了许许多多，然后吃它们。"

"那好，"欧尼说，"让我们看看我们能打多少。然后我们把它们带回家，炖兔子的时候放在一起。"

在小路上前进的时候，他们看见小鸟就打，到铁路线的时候，他们已经打了十四只，都挂在一根绳子上。

"嘿！"欧尼伸长胳膊指了指，小声地说，"看那边！"

铁路线旁边有许多大大小小的树，在一棵小树边站着一个小男孩，他正用一个望远镜朝一棵老树的树枝上看。

"你知道他是谁吗？"雷蒙德小声回话，"那是小讨厌鬼华森。"

"你说得不错，"欧尼低低地说，"那是讨厌透顶的华森！"

彼得·华森一向是他们的敌人。欧尼和雷蒙德讨厌他，因为他几乎样样都行，而他们样样不行。他很瘦小，他的脸上长着雀斑，戴一副眼镜，镜片厚厚的。他是一个杰出的学生，尽管只有十三岁，但他已经升到了高年级。他爱音乐，钢琴弹得很好，体育方面他不太行。他很安静，也很有礼貌。他的衣服尽管打着一块块补丁，但总是干干净净的。他的父亲不在工厂里开卡车，而在银行里工作。

"让我们吓吓那个讨厌鬼。"欧尼小声说。

那两个大男孩爬近那个小男孩，那个小男孩因为眼睛还凑在望远镜上，没有看见他们。

"举起手来！"欧尼大叫一声，拿枪指着他。

华森吓了一跳，他放下望远镜，打镜片里看着这两个不速之客。

"快！"欧尼叫道，"举起手来！"

"我要是你，就不对别人举枪。"彼得·华森说。

"这里下命令的可是我们！"欧尼说。

"所以还是举起来吧，"雷蒙德说，"要不你想一颗子弹打穿你的肚子吗？"

彼得·华森静静地站着，双手把望远镜捧在他的前面。他先看看雷蒙德，再看看欧尼。他并不害怕，但他也知道，最好不要跟这两个家伙装傻。因为他们，他吃过不少苦头。

"你们要干什么？"他问。

"我要你举起双手！"欧尼冲他嚷嚷，"你难道不懂英语？"

彼得·华森并没有动。

"我数到五，"欧尼说，"到时候你再不举起来，你的肚子就得吃下这颗子弹。一……二……三……"

　　彼得·华森慢慢地把手举到头上。这是有头脑的人唯一的做法。雷蒙德抢上一步，把望远镜一把抓去。"这是什么？"他恶狠狠地说，"你在监视谁？"

　　"没有监视谁。"

　　"别说谎，华森。这个东西是用来监视人的！我敢打赌，你在监视我们！给我说对了，是不是？快承认！"

　　"我肯定不是在监视你们。"

　　"给他一个耳光，"欧尼说，"教训教训他，不要跟我们说谎。"

　　"我这就打，"雷蒙德说，"我正在运气。"

187

彼得·华森考虑过想办法逃走的可能性。他所能做的只是转身逃走，但这毫无意义，他们转眼就能抓住他。他要是叫救命，这儿没有一个人听得到。因此他所能做的只是保持安静，想办法说点什么，从这个困境中脱身。

"举起双手来！"欧尼吼道，用枪管轻轻地挥来挥去，他看电视中的匪徒都这么干。

彼得照他说的去做。

"说说吧，你在监视谁？"雷蒙德问道，"快说出来！"

"我在观察一只绿啄木鸟。"彼得说。

"什么东西？"

"一只雄的绿头啄木鸟。它正在啄那边一棵老的死树，抓虫子吃。"

"它在哪儿？"欧尼急忙说，他举起了枪，"我要把它打下来。"

"不，你别打！"彼得说着，看了看欧尼挂在肩膀上的一串小鸟，"你大叫一声的时候，它早就飞走了。啄木鸟特别胆小。"

"你看它们干什么？"雷蒙德疑心重重地问，"什么意思？难道你没有更有意思的事可干？"

"观察鸟很有趣，"彼得说，"比射鸟有趣得多。"

"什么？你这不要脸的家伙！"欧尼叫了起来，"你竟敢讨厌我们射鸟？这是你说的话吗？"

"我认为那绝对一点意思都没有。"

"你不喜欢我们做的每一件事情，是不是？"雷蒙德问。

彼得并不回答。

"那好，让我来告诉你一件事情，"雷蒙德继续说，"我们也不喜欢你所做的任何事情。"彼得的胳膊开始酸疼。他决定冒冒险，慢慢地把它们降到腰部。

"举起来！"欧尼叫道，"把手举起来！"

"我要是拒绝呢？"

"哎呀！你该死的胆子还不小，是不是？"欧尼说，"我最后一次告诉你，你要是不举起来，我就扣动扳机。"

"那是一种犯罪行为，"彼得说，"它会成为警察局里的一个案子。"

"而你会成为医院里的一个病号！"欧尼说。

"你倒是开枪呀，"彼得说，"那样他们会把你送到青少年犯罪教养所，那可是监狱啊。"

他看见欧尼犹豫了。

"说真的，你那完全是自找的，是不是？"雷蒙德说。

"我只是要求你们放过我，"彼得说，"我没有做什么伤害你们的事。"

"你是一个乳臭未干的愣头青，"欧尼说，"你真是这么一个东西，一个不知天高地厚的臭小子。"

雷蒙德凑在欧尼耳朵上低声说了几句，欧尼听得很仔细。然后他拍了一下屁股说："我喜欢！这是一个极妙的主意！"

欧尼把枪放在地上，走到小男孩跟前，抓住他，把他摔在地上。雷蒙德在他的口袋里掏出一团绳子，割下了一段。两人一起强迫小男孩的双臂放在身体的前面，然后紧紧地绑住他的手腕。

"现在绑腿。"雷蒙德说。彼得挣扎几下，肚子上重重挨了一下，结果让他喘气连连，静静地躺在那里。接着他们又用绳子绑住了他的踝关节。现在他像一只小鸡一样被捆得死死的，一点办法都没有。

欧尼捡起他的枪，用另一只手抓住彼得的一只胳膊。雷蒙德抓起他的另一只胳膊，他们俩开始拉扯那个男孩过草地，朝铁路线走去。

彼得保持绝对安静，不管他们想干什么，跟他们说话，对他来说，都是无济于事的。

他们把受他们迫害的男孩拉下路堤，到了铁路线上。然后他们一人抬胳膊，一人抬脚，把他纵向放在两条铁轨之间。

"你们疯了！"彼得说，"你们不能这么做！"

"谁说我们不能？这正好给你一个小小的教训，不要这么狂！"

"再来点绳子。"欧尼说。

雷蒙德拿出一团绳子，那两个大男孩把小男孩结结实实地绑在两条铁轨之间，他无法扭脱开去。他们把绳子一圈一圈绕在他的胳膊上，然后穿在两边的铁轨下面。对他身体的中段和他的脚踝，他们也做了同样处理。当他们完事以后，彼得·华森被捆得毫无办法。实际上，他在两条铁轨之间无法动弹。

欧尼和雷蒙德退后一步检查他们的"手艺"。"我们干得很出色。"欧尼说。

"这条线上每半小时有一趟火车，"雷蒙德说，"我们不会等得太久。"

"这是谋杀！"躺在铁轨之间的小男孩大叫道。

"不，这不是，"雷蒙德告诉他，"跟这种事一点也不沾边。"

"放开我！请放开我！火车开来会杀死我的！"

"要是你被杀死，小子，"欧尼说，"那完完全全是

你的过错，让我来告诉你为什么。因为要是你昂起头来，像现在这样昂得高高的，那你肯定完蛋，好朋友！要是你把头放平，你也许可以逃过一劫。另一方面，你可能还是逃不过，因为我不能精确地确定火车下面有多少空隙。雷蒙德，你知道火车下面的空隙是多少吗？"

"很小很小，"雷蒙德说，"他们老是把火车造得十分贴近地面。"

"也许够，也许不够。"欧尼说。

"让我们做这样一个假设，"雷蒙德说，"对你或我这样的普通人来说，那样的空隙也许刚刚够，欧尼。但是对这位华森先生我就不能确定了。我来告诉你这是为什么。"

"告诉我。"欧尼怂恿他说下去。

"这位华森先生有一个特别大的大头，这就是原因。多么该死的一个大头！我个人认为火车的底部不管怎么样都会擦着它。我没有说它会割掉他的头，你记住。事实上我相当肯定它不会这么做，不过它一定会在他脸上狠狠地擦上一下子。这一点十拿九稳。"

"我认为你说得对。"欧尼说。

"有一辆火车朝你开来，一个充满脑浆胀起来的脑

袋躺在铁路线上，"雷蒙德说，"那是不行的。我说得不错，是不是，欧尼？"

"你说得对。"欧尼说。

那两个大男孩爬回路堤，坐在一些小树后的草地上。欧尼拿出一包香烟，他们就抽起烟来。

彼得躺在铁路中间一点办法也没有。这时他知道他们是不会放开他的。这是两个危险的疯孩子，他们只顾一时的生活，从不考虑后果。"我一定要保持冷静，开动脑筋。"彼得对自己说。他很安静地躺在那儿，掂量自己的机会。他的机会还不错，他的身体最高的部分是脑袋，脑袋的最高部分是鼻子。他估计他的鼻尖高出铁轨四英寸，是不是太多了一些？他吃不准这些新式的柴油机器高出地面的空隙是多少。他的后脑勺靠在两根枕木之间很松的卵石上，他必须想办法在卵石上掘出一个坑来。因此他开始把头扭来扭去，把卵石推出去，渐渐地给自己弄出一个小小凹口来，然后再在卵石上掘出一个洞。最后他估计他让他的鼻尖又另外降低了两英寸。这样头算是行了，但是脚怎么办呢？它们也翘得很高。他小心翼翼地晃动两只绑在一起的脚，让它们交叠起来倒向一边，这样它们几乎平躺在那儿。

他等待着火车开来。

司机会不会看见他？多半不会。因为这是一条主干线，通往伦敦、唐卡斯特、约克、纽卡塞尔、苏格兰，他们使用又大又长的火车头，司机坐在后面的驾驶室里，只把一只眼睛盯在信号标志上。

在这条铁路线上，货运火车每小时开八十英里。彼得知道这个，他不知多少回坐在路堤上看它们。在他很小的时候，他经常把它们的号码记在一个小本上。火车头有时候还会有烫金的名字。

不管怎么样，他跟自己说，这都是一件可怕的事。那声音震耳欲聋，每小时八十英里的风呼啸而过更不是闹着玩儿的。他不知道火车在他头上冲过的时候，火车底下会不会产生某种真空，把他吸上去。那里可能会产生气井。因此不管发生什么，他必须集中一切思想，让整个身体紧紧贴在地上，千万别让身体软软的，要又硬又紧张，向下压在地上。

"你干了些什么，老鼠脸？"雷蒙德在上面的树丛里朝他喊话，"等待死刑是个什么滋味？"

他决定不去回答。他看着头上的蓝天，那儿只有一大片堆积云慢慢地从左边浮到右边。为了使他的思想不去

想很快就要发生的事情，他玩起了他父亲教他的一个游戏。那是很久以前一个火热的夏天，他和父亲躺在滩头悬崖上的一片草地里，父亲教他的。那个游戏就是在堆积云层层叠叠翻滚的阴影里寻找陌生的脸。"要是你看得很认真的话，"他的父亲说，"你总能发现那上面有某一张脸。"彼得让他的眼睛慢慢扫过堆积云。在一个地方，他发现有一个一只眼的男人，是个大胡子。另一个地方有一个长下巴的巫师在哈哈大笑。有一架机翼高高的小单翼飞机，机身红红的，飞过云层，从东边穿到西边。他想那是一架老式的"幼鸽"。他一直看着它到看不见为止。

突然他听到奇怪的震动声从他两边的铁轨上传来。那是很轻很轻的声音，几乎听不见，很细小的嗡嗡声，单调作响，似乎从很远很远的铁轨那儿传来。

"那是一列火车。"他跟自己说。

沿着铁轨传来的震动声越来越响，越来越响。他抬起头，沿着笔直伸展开去的铁轨望去，那有一英里甚至几英里远。接着他看到了火车，起初它只是一个点，一个很远很远的黑点。不过就在他抬起头来的几秒钟里，这个黑点越来越大，开始看得出形状来，很快它不再是一个点而是一个大大的、方方的、楞角分明的快车柴油机的机头。彼得垂下头，紧紧贴在他在卵石上掘出来的小洞里。他把他的脚晃向一边。他紧紧闭上眼睛，想把自己的身体沉入地下。

火车开过他的头，像是一个爆炸物在他头上爆炸，像是一个炮弹在他的头里炸开来。随着这一声爆炸，传来一阵撕心裂肺的呼啸声，像是一股飓风吹入他的鼻孔和他的肺里。声音哗啦哗啦，嘎啦嘎啦……这股风使他窒息。他觉得自己正被尖声大叫残忍无比的妖怪活活吞下它的肚子。

紧接着这一切都过去了，火车已经开走。彼得睁开眼睛，看见了蓝天和那朵仍然在飘浮的白色大云。全都过去了，他都对付过去了。他活了下来。

"它没有碰到他。"一个声音说。

"很遗憾。"另一个声音说。

雷蒙德割断彼得他绑在两边铁轨上的绳子。

"解开他脚上的绳子，好让他走路。不过让他的手还绑着。"欧尼说。

雷蒙德割开缠住彼得脚上的绳子。

"起来。"欧尼说。

彼得站了起来。

"好朋友，你还是个犯人。"欧尼说。

"兔子怎么办？"雷蒙德问，"我看我们要想办法打几只兔子了。"

"干这个我们有的是时间，"欧尼回答道，"我正在想我们路上是不是把他推进湖里？"

"不错，"雷蒙德说，"让他凉快凉快。"

"你们有你们自己的乐子，"彼得·华森说，"你们为什么现在还不放我走呢？"

"因为你是一个犯人，"欧尼说，"而且你还不是一个普通的犯人。你是一个间谍。你知道间谍被抓到以后会发生什么事情，是不是？他们会把他推到墙边，开枪打死。"

彼得在这以后不再说什么，刺激这两个家伙根本毫无意义。他越少说什么，越少反抗他们，就越有可能逃过受到伤害。他一点也不怀疑，按照他们现在的情绪，无论做什么，都极有可能会对他的身体造成严重的伤害。他知道有一次欧尼打断了小沃里·辛普森的手臂，弄得沃里的父母到警察局去报案。他也听雷蒙德吹过牛，他们去看一些足球比赛，也曾经所谓亮过靴底。彼得懂得，这就是说曾经踢过躺在地上的人。他们俩是小流氓，他们拆毁火车的内部设施；他们在街上用刀子、自行车链子、金属棍棒拼命打架；他们攻击路人，特别是其他的年轻人；他们捣毁路边的咖啡店。欧尼和雷蒙德尽管不是十足的流氓，但十分肯定他们正在朝这条路上走。

因此，彼得告诉自己，他必须继续消极反抗。不能侮辱他们，说什么也别去激怒他们。千万别想去跟他们进行体力上的较量。然后，希望他们最终会厌烦这个欺负他的小把戏，走开去打兔子。

那两个大孩子一人抓住彼得的一条胳膊，穿过下一片田地，朝湖边走去。"犯人"的两个手腕依然被绑在一起，放在身前。欧尼把枪抓在他那方方的手里，雷蒙德拿着他从彼得手里抢来的望远镜。他们来到了湖边。

在这金色的五月的早晨，湖面非常美丽。这是一个长长的相当狭窄的湖，湖岸边长着一些高高的柳树，湖水非常清亮，靠近湖岸的地方长着芦苇和香蒲。

欧尼和雷蒙德把他们的"犯人"赶到了湖边，这才停了下来。

"现在，"欧尼说，"我的建议是这样的。你抓住胳膊，我抓住腿，我们把这个讨厌鬼晃几下，尽量远远地甩出去，甩到泥泞的芦苇丛里。怎么样？"

"我喜欢，"雷蒙德说，"依旧把他的手绑在一起，对不对？"

"对，"欧尼说，"怎么样，鼻涕虫？"

"要是你们打算这么干，我根本无法阻止。"彼得说，他尽量使自己的声音保持安静。

"你就试试看，想办法阻止我们，"欧尼露齿一笑说，"那时你就知道下场了。"

"最后问一个问题，"彼得说，"你们曾经对付过跟你们一样大小的人吗？"

他这话一说出口，就知道自己犯了一个错误。他看见欧尼的脸唰一下红了，他那小小的黑眼睛里有一颗危险的小星星在跳舞。

还算走运，正在这一刻，雷蒙德挽回了局面。"嘿！看那边那只鸟游在芦苇丛中！"他指指点点地叫着。

那是一只绿头雄鸭，弯弯的勺子形的黄嘴，翠绿色的头，脖子上还有一个白环。"现在这些才是能让你真正吃到肉的鸟，"雷蒙德继续说，"那是一只野鸭子。"

"我来打它！"欧尼叫道，他放掉了彼得的手臂，把枪举到了肩头上。

"这是一只受保护的鸟。"彼得说。

"一只什么？"欧尼问，他放低了枪口。

"没有人在这里打鸟，这是严令禁止的。"

"谁说那是禁止的？"

"这里的主人，道格拉斯·海顿先生。"

"你一定在开玩笑！"欧尼说着又举起了枪。他开了火，鸭子倒在了水里。

"去把它拿来，"欧尼对彼得说，"割掉绳子，放他自由，雷蒙德，因为今后他就完完全全是我们的猎狗。我们射死的鸟由他去捡来。"

雷蒙德拿出他的刀子，割断了绑住小男孩手腕的绳子。

"去！"欧尼凶巴巴地说，"去把它拿来！"

杀死那只美丽的鸭子使彼得非常不安。"我拒绝！"他说。

欧尼张开手掌，重重地在他脸上打了一下。彼得没有倒下，但是一条血的细流从他的鼻孔里淌下来。

"你这肮脏的小讨厌鬼！"欧尼说，"你倒是试试再拒绝我一次。我向你下一个保证。这个保证是这样的，你要再拒绝一次，我就打掉你那些白得闪亮的门牙，一颗颗打下来，上面的下面的一颗不剩。明白了吗？"

彼得还能说什么？

"回答我！"欧尼吼道，"你明白了吗？"

"是的，"彼得平静地说，"我懂。"

"那就去把它拿来！"欧尼嚷嚷道。

彼得走下湖岸，进入泥泞的水，穿过芦苇，捡起了鸭子，带回岸上。雷蒙德把它接过去，在它腿上套上了绳子。

"现在我们有了一条捡回猎物的狗，让我们看看他能不能帮我们多得几只鸭子。"欧尼说。他在岸边拿着枪游荡，搜索芦苇丛。突然他停了下来，蹲下身子，把一个手指压在嘴唇上说："嘘！"

雷蒙德走上前去，跟他在一起。彼得站在几码以外，裤腿一直到膝盖上都是泥浆。

"看那边！"欧尼小声说，他指着一片密密的香蒲草，"你们看见我看见的东西了吗？"

"好家伙！"雷蒙德禁不住叫出声，"多美的一个家伙。"

彼得从稍远的地方望到芦苇丛里，马上看到了他们在看的东西。那是一只天鹅，一只美得惊人的白天鹅安详地蹲在它的巢里。那个巢本身是一大堆芦苇和灯心草，高出水面两英尺。天鹅蹲在所有一切的顶上，就像是这个湖上仪态万方的白衣女皇。它的头朝岸上的几个孩子转过来，充满了小心戒备。

"怎么样？"欧尼说，"这比鸭子好多啦，是不是？"

"你看你能打到它吗？"雷蒙德说。

"当然打得到，我在它的头顶上不偏不倚钻个洞！"

彼得感到自己身体里升起一股狂怒。他朝两个大男孩走上前去。"我要是你，不会朝天鹅开枪，"他语气尽量保持平静地说，"天鹅是英国最最受保护的鸟类。"

"那干了它又怎么样？"欧尼冷笑着问。

"那让我再告诉你一些事情，"彼得继续说，抛开了所有的小心谨慎，"一只鸟在巢里孵蛋的时候，没有人朝它开枪，绝对没有一个人！它身子下面甚至有两只小天鹅！你就是不能开枪！"

"谁说我们不能？"雷蒙德嘲笑地问，"讨厌的彼得·华森鼻涕虫先生，是不是你一个人说了算？"

"整个国家都这么说，"彼得回答道，"法律这么说，警察这么说，人人这么说。"

"我可不这么说。"欧尼说着举起了枪。

罗尔德·达尔作品典藏

203

　　"别开枪！"彼得尖声大叫，"请别开枪！"

　　砰！子弹飞了出去，正好打中天鹅优美的头，长长的白头颈倒在了巢的一边。

　　"打中啦！"欧尼叫道。

　　"准得不能再准！"雷蒙德嚷嚷起来。

　　欧尼转向彼得，只见他站在那儿更小了，脸色白白的，身子完全僵硬。"现在去把它拿来。"他下了命令。

　　彼得又一次一动不动。

　　欧尼走近小男孩弯下腰，把脸差不多完全贴在彼得的脸上。"我再跟你最后说一次，"他的声音尽管很轻却充满了威胁，"去把它拿来！"

　　彼得的脸上眼泪直淌。他慢慢走下湖岸，踏入了水中，涉水走向死天鹅，小心翼翼地用

双手把它捧起来。下面有两只很小很小的小天鹅，它们的身体上布满了黄色的茸毛。它们在巢中央挤在一起。

"有没有蛋？"欧尼在岸上大声问。

"不，"彼得回答道，"没有。"他觉得如果雄天鹅回来，它们还没有离开巢的话，雄天鹅就可以继续喂养这些小天鹅。他说什么也不肯把它们留给欧尼去大发慈悲。

彼得把死天鹅捧到了湖边，放在地上。然后他站起来，面对着两个大孩子。他的眼睛仍然含着眼泪，冒着怒火。"你们做了一件极其卑劣的事情！"他嚷嚷道，"这是一件愚蠢的毫无意义的破坏行为。你们是两个无知的白痴！你们应该代替天鹅去死！你们不配活下去！"

他站在那儿，个子显得高了不少，也因为愤怒，变得神采奕奕。他面对两个高大的男孩，不再顾忌他们会对他怎么样。

欧尼这次倒没有打他。他起先由于彼得的发作似乎有点退缩，但是他很快恢复了常态。这时，那稀松的嘴唇形成一个狡猾得收不住口水的傻笑。他那对靠拢的眼睛也开始闪出最最不怀好意的闪光。"这么说你喜欢天鹅，是不是？"他温柔地问。

"我喜欢天鹅，却恨你！"彼得大声说。

"我正在考虑，"欧尼继续说，他笑得更傻，"我是不是想得全对，你是不是希望这只天鹅仍然活着，而不是死去？"

"那是一个愚蠢的问题！"彼得叫道。

"他需要狠狠地吃一记耳光。"雷蒙德说。

"等等，"欧尼说，"我来干这个活。"他转向彼得说道："那要是我让这只天鹅活过来，重新在天空中飞来飞去，你就开心了，是不是？"

"这是另一个愚蠢的问题！"彼得叫了起来，"你以为你是谁？"

"我来告诉你我是谁，"欧尼说，"我是一个魔术师。我就是这样一个角色，我这就使你快乐和满足。我马上变个魔术，使这只死天鹅活过来，再次飞遍整个天空。"

"胡说八道！"彼得说，"我要走啦！"他转身抬腿走开去。

"抓住他！"欧尼说。

雷蒙德抓住了他。

"放开我！"彼得叫道。

雷蒙德重重地打了他一记耳光，说道："行啦，行啦，别跟老天爷过不去，要不你自己招来伤受。"

"把你的刀子给我。"欧尼伸出他的手来，雷蒙德把刀子给了他。

欧尼跪在死天鹅旁边，把它的两个巨大的翅膀完全伸展开来。"瞧着。"他说。

"有什么了不起的主意？"雷蒙德问。

"等着瞧。"欧尼一边说一边用刀子从天鹅身上切下一只白白的大翅膀。翅膀跟天鹅身体的一侧相衔接的地方有一个骨关节，欧尼就在这个地方下刀子，割断了肌腱。那刀子非常快，因此切得很好。不久，一只完整的翅膀被割了下来。

欧尼把天鹅翻过来，割下了另一个翅膀。

"绳子。"欧尼说着又向雷蒙德伸出手来。

雷蒙德抓住彼得的手臂，在一旁看得很入迷，说道："你这一手宰鸟的功夫是怎么学来的？"

"从鸡身上学来的，"欧尼说，"我们常切割从斯蒂芬农场送来的鸡肉，切成不同鸡身卖给阿力斯倍里。把绳子给我。"

雷蒙德给他一团绳子，他割下六根绳子，每根大约一码长。

　　天鹅翅膀边缘的上方，有一些粗大的骨头，长成一排，沿着边缘的上方，他开始绑上一根根绳头。绑完以后，他把翅膀举起来，六根绳子便荡了下来。他对彼得说："伸出你的手臂来。""你完全疯了！"那个小男孩叫道，"你在发狂！"

　　"让他伸出手臂来。"欧尼对雷蒙德说。

　　雷蒙德举起紧握的拳头，轻轻拍了拍彼得的鼻子。"你明白，"他说，"我吩咐你做什么，你就乖乖地做什么，要不我就打烂你的嘴脸，明白吗？现在伸出你的手臂来，这才是一个好小孩。"

　　彼得感觉他的反抗瓦解了。他不能再坚持反对这两个人。有那么几秒钟，他盯着欧尼看。欧尼靠拢的细小的黑眼睛给他的印象是，这个人要是真的发起怒来，什么事情都做得出来。要是他火气上来，可能杀一个人也很容易。欧尼这个危险的迟钝的孩子，这时正在起劲儿地玩一个游戏，扫他的兴，那是很不聪明的。彼得伸出了手臂。

　　欧尼着手把六根绳头一根根绑在彼得的手臂上。当他绑完以后，天鹅的白翅膀便牢牢地跟他整个手臂绑扎在一起。

　　"怎么样，嗯？"欧尼说着退后一步检查他的杰作。

"现在还有一只，"雷蒙德说，这时他懂得了欧尼这样做的意图，"你不能指望他只有一只翅膀就飞到天上去吧，是不是？"

"第二只翅膀就要架起来啦！"欧尼说。他又跪到地上，把六根绳头系在另一只翅膀边缘的骨头上，然后他站起来，说道："让我们再拥有一只翅膀。"彼得觉得想吐，又觉得很好笑，他伸出了另一个手臂。欧尼把翅膀牢牢捆在整条手臂上。

"瞧瞧！"欧尼叫了起来，他拍着手，在草地上跳了一小段快步舞。"现在我们又给自己弄了一只真正活的天鹅！我不是跟你们说过吗？我是一个魔术师！我还跟你们说，我要变一个戏法，让死天鹅重新活过来，飞遍整个天空！我不是跟你们说过吗？"

在这个美丽的五月的早晨，彼得站在湖边的太阳底下，那只巨大的翅膀，软塌塌的，还有点滴血，怪异地挂在他身边。"你完了吗？"他问。

"天鹅是不能说话的，"欧尼说，"闭上你那讨厌的嘴巴。省省力气吧，因为你就要到天空去绕圈飞行，需要你使出浑身的力气。"然后他一只手捡起地上的枪，另一只手抓住彼得的后颈，说："开步走！"

他们沿着湖边前进，一直走到一棵高大优美的柳树旁边。这棵树是一棵垂柳，长长的树枝从很高的树顶挂下来，几乎碰到湖面。

"现在神奇的天鹅就要给我们展示一点神奇的飞行技术了，"欧尼宣布道，"这就是你要干的事情，天鹅先生，爬到这棵树的树顶上去，到了那儿，你就像一只又乖又聪明的天鹅一样展开翅膀飞出去吧！"

"太精彩啦！"雷蒙德叫道，"太了不起了，我很喜欢！"

"我也一样，"欧尼说，"因为我们就要看到这只小小的'天鹅'究竟是不是真的那么聪明，跟人家说的一点也不差。他在学校里非常聪明，我们全都知道，他是班上的尖子生，样样都很出色。但是让我们看看，他到了树顶上，是不是聪明得一点也不打折扣！行不行，'天鹅先生'？"他把彼得推向那棵树。

这个家伙究竟要疯狂到什么程度？彼得真想知道。他开始觉得自己也有点疯了，好像什么都不再是真实的，没有一件是真正发生的。但是他觉得远离这两个小流氓，到那高高的树顶上去，对他有很大的吸引力。他到了上面，可以留在那儿。他很怀疑他们是不是会费心爬上来追他。

就算他们这样做，他也可以安安稳稳地沿着细树枝爬开去，那些细树枝承受不了他们两个人的分量。

这棵树相当容易爬。他可以顺着一些低低的树枝爬上去。他爬了起来，那两只大大的白翅膀挂在他手臂上总是碍事，不过这不打紧，事情到了这个份上，他每爬上一英寸，就是远离在下面受到的折磨一英寸。他从来就不是一个爬树能手，他不大会爬树，但是世界上没有什么能阻止他一直爬到这棵树的树顶。他一到了那儿，就马上想到，因为树叶茂密，他们甚至看不到他。

"再高点！"欧尼的声音远远传来，"继续往上！"

彼得继续往上爬，最后他到了再也无法往上爬的高度。他的脚踩

在一根只有一个人手腕那么粗的树枝上，就是这根树枝远远地向湖面伸展开去，然后很优美地弯下去。所有在他上面的树枝都很细，像鞭子一样，只有一根他用双手抓住，还很结实，可以用来支撑身体。他站在那儿，攀缘以后想休息休息。他爬得高高的，头往下看，感觉离地面至少有五十英尺，但是他看不到那两个男孩。他们会不会终于走了？

"行啦，天鹅先生！"突然传来欧尼可怕的声音，"现在仔细听着！"

原来那两个家伙走开去一段距离，离树远点，可以看清树顶上的小男孩。现在往下瞧着他们，彼得这才知道，柳树的叶子有多稀少和细小，它们根本遮盖不了他。

"仔细听着，'天鹅先生'，"那声音又在叫嚷，"你就沿着你站在上面的那根树枝走出去，一直走到湖水之上，然后你就起飞！"

彼得并没有动。现在他在他们头上五十英尺的高处，他们再也不会到他身边。时间大约持续了半分钟。他的眼睛继续盯着两个远远在田野里的人影。他们相当安静地站着，抬起头来看他。

"行啦，'天鹅先生'！"欧尼的声音又传了过来，

"我数到十，听见了吗？到时候你还不展开翅膀飞走，我就用这把小枪把你射下来。那么今天我会打下两只天鹅，而不是一只！所以说，'天鹅先生'，你还是往前走吧。一……二……三……四……五……六……"

彼得依然一动不动。现在没有什么能使他移动一步。

"七……八……九……十！"

彼得看到枪举到了欧尼的肩上，它直接瞄准着他。然后他听到了砰的一声，子弹嗖的一下在他头上呼啸而过，那确实挺吓人的。但是他还是一动不动。他可以看到欧尼又给枪上了一颗子弹。

"最后一次机会！"欧尼大声吼道，"下一枪就打你啦！"

彼得像钉子一样站着，他在等。他看见那个孩子远远地站在下面草场的毛茛丛中，另一个孩子在他的身边。枪又举到了肩头，这次他听到砰的一声的时候，子弹已经打入了他的大腿，他倒不觉得疼，可那力量却是毁灭性的，好像有人用大锤抽打了他的腿，把他的两只脚从他站着的树枝上打了下来。他用双手抓住树枝，挂在上面。他抓的那根小树枝弯下去断了。

当有些人忍受得太多，超过了他们的忍受能力，他们

干脆就垮了下来放弃了；也还有另外一些人，尽管不多，他们会为了某种原因，不屈不挠。你在战争时期和和平时期都能遇到这些人。他们有一种决不让步的精神，无论是痛苦折磨，还是死亡威胁都不能使他们放弃。

小彼得就是他们中的一个。当他挣扎着乱抓一气阻止自己从树顶上掉下来的时候，他忽然想到他还可以当这次较量中的赢家。他抬头一看，看到湖水上空闪烁的光亮，那光亮如此灿烂，如此美丽。他的眼睛根本无法移开，这个光亮在召唤他，拉他前去，他冲入这个光亮，展开了他的翅膀。

有三个不同的人在那天早晨看到一只很大的白天鹅盘旋在那个村庄的上空，一个是叫爱米莉·米德的校长，一个是正在屋顶修瓦片的药店伙计，名叫威廉·埃尔斯，还有一个叫约翰·安德伍德的小孩，他正在附近田野里玩飞机模型。

那天早晨华森太太在厨房水槽里洗盘子。这个时候她正好抬起头来朝窗外一望，看见一个又大又白的东西扇着翅膀降落在她家后花园的草地上。她冲了出去，双膝跪倒在她独生独养的儿子扭弯的身子旁边。"哦，亲爱的！"她叫道，快要歇斯底里地发作，简直不相信她看见的事情，"亲爱的乖孩子！你碰到了什么事情？"

"我的腿疼！"彼得说着张开了眼睛，后来他就晕过去了。

"你正在流血！"她嚷嚷道。她抱他到里边，很快她打了电话叫医生和救护车。趁他们还没有来的时候，她找来一把剪刀，开始剪下绑在她独生子手臂上的两只天鹅的大翅膀。

6 幸运的机缘

——我如何成为一名作家

小说作家是一个发明故事的人。但是一个人是怎样开始干起这一行的？一个人是怎样变为一个全职小说作家的？

查尔斯·狄更斯发现变成全职作家很容易。二十四岁那年，他只是坐下来写了《匹克威克外传》，那一本小说马上成为了畅销书。但是狄更斯是一个天才，天才跟我们其余人是不同的。

在这个国家（并不是只有在这个国家如此），几乎最终在小说世界成功的每一位作家都是从其他的职业起步的，这些职业包括教师、医生、记者或律师。（《爱丽丝漫游奇境记》是一个数学家写的，而《杨柳风》是一个公务员写的。）因此，最初想写小说的人，不得不在业余时间写，通常都在晚上写。

这样做的理由是显而易见的。你要是一个成人，必须挣钱谋生，挣钱谋生就必须有一个职业。你必须有可能得到一个工作，保证你一个星期能赚到多少钱。可是，不管你多么想让写小说成为终身职业，如果你直接跑到出版商那儿，说"我想找一个写小说的工作"，那也是毫无意义的。如果你这样做，他会告诉你："马上走开，先写出一本书来。"就算你写完了一本书，卖给了他，他仍然不会给你这样一个工作。他可能会预支给你五百镑，那是要从你以后的版税里扣除的。（顺便说一下，版税就是出版商每卖掉一本书，作家所能得到的钱。作家的平均版税是一本书在书店里所卖的钱的百分之十。因此一本卖四镑钱的书，作者能得四十个便士。一本卖五十个便士的平装本，他能得五个便士。）

一个很有希望的作者花两年时间写了一本书，却没有一个出版商想出版，这是很平常的事。因此，他除了失败的感觉，什么也没有得到。

要是他够走运的话，有一个出版商接受了他的一本书，并预测这本书最后能卖掉三千册，他可能得到一千镑。多数小说家写一本书至少要一年，一千镑的金额是不够生活一年的。因此你现在明白，为什么一个新的作者，不得不先从一个其他职业开始起步了。要是他不这样做，

他几乎肯定要挨饿的。

要是你希望成为一个小说作家，你必须具有或想办法得到以下一些品质：

1. 你必须具有生动的想象力。

2. 你必须写作非常出色。我的意思是说你应该在读者的脑子里制造一个生动的场面。不是每个人都有这个能力，这是一种天赋，你也许有，也许没有。

3. 你必须拥有持久力。换句话说，你必须坚持你正在做的事情，决不放弃，一个又一个小时，一天又一天，一个星期又一个星期，一个月又一个月。

4. 你必须是一个完美主义者。这就是说你对写好的东西从不会满足，你要改了又改，一直改到尽可能完美为止。

5. 你必须有很强的自我约束力。你是独自工作的，你要是不着手工作，你身边没有一个人会解雇你；你要是开始懈怠，也没有一个人会责备你。

6. 要是你有强烈的幽默感，那会对你有很大的帮助。为成人写作，倒不一定有，为儿童写作，那是必不可少的。

7. 你必须保持一定程度的谦虚。作者认为他的作品极其了不起，往往会遇到麻烦。

让我来告诉你我是怎么从后门溜进去，怎样进入小说世界的吧！

在我八岁那年，也就是1924年，我被送到韦斯顿镇一个寄宿学校去，那所学校在英国的西南海岸。在那儿我度过了一段纪律十分可怕、十分讨厌的日子。宿舍里不许谈话，走廊里不许奔跑，任何不整洁的行为都不允许。不许这，不许那，另外还有一大堆规矩。除了规矩还是规矩，你都得遵守。我们害怕挂在我们头上的教鞭，它一直跟死亡一样可怕。

"校长在他的办公室里要见你。"那句话跟世界末日一样可怕。它使你浑身发抖，反胃想吐，但你不得不去。那时我大约九岁，走过空无一人的长长的走廊，穿过一个拱门，进入校长的私人区域。那里尽发生一些可怕的事情，抽烟斗的气味就像是点香飘荡在空中。你站在可怕的黑门外面，连门都不敢敲。你喘着大气，跟自己说，要是母亲在这儿的话，一定不会让这种事发生。可是她不在，你只是独自一人。你举起一只手，轻轻地敲了一下。

"进来！啊，是的，你是达尔。嗯，达尔，有人向我报告，你在昨天晚上的自习课上说话。"

"先生，我弄断了我的笔尖，问詹金斯是不是能借我一个笔尖。"

"我不能容忍有人在自习课上说话，这一点你很清楚。"

这个身材魁梧的人正在穿过房间走向屋角的一口碗柜，伸手拿放在柜顶的教鞭。

"破坏规矩的孩子都得受罚。"

"先生……我……我的笔尖断……我……"

"没有任何借口。我要教训教训你，在自习课上说话就是不行。"

他取下一根教鞭，弯弯的柄，三英尺长，细细的，白白的，充满弹性。"弯下腰来，手碰脚拇指，到那边窗口去。"

"但是先生……"

"不要跟我争论，孩子。照我说的去做！"

我弯下了腰，等着。他总是让你等上十多秒，那时你的膝盖开始发抖。

"弯得低些，手碰脚拇指！"

我看了看我那双黑鞋的鞋头，我跟我自己说，现在任何时刻都会鞭打下来，我的整个屁股都会改变颜色。鞭痕往往很长，横贯两个屁股，乌青乌青，边上红艳艳的。以后我的手指摸上去，不管摸得多轻，总能感觉到起伏不平。

嗖……噼啪……

接着痛就来了。你无法相信、也无法忍受的剧痛。就像有人把一根烧得通红的拨火棒在你的屁股上横下来，狠狠地压在上面。

那第二下很快就会打下来，你所能做到的是要尽可能阻止你自己伸手去挡，那是一种本能的反应。要是你这样做了，你的手指也会被打断的。

嗖……噼啪……

第二下正好落在头一个鞭痕上，白热的拨火棒在皮肤上烙得越来越深。

嗖……噼啪……

　　第三下往往是痛到了极点，痛到了不可能再痛，情况也糟糕到没法再糟糕。以后再打只是延长痛苦而已。你想不哭出声来，有时候你还是禁不住要哭。不过无论你能不能保持沉默，你不可能止住眼泪。泪如泉涌，流在我的脸上，滴在地毯上。

　　最最要紧的是决不要向上退缩，或者挨打的时候挺直身子。你假如这样做的话，你会额外多挨一下。

　　校长慢慢地故意拖延很长时间，又打了三下，一共打了六下。

　　"你可以走了。"这个声音像是从几英里以外的一个山洞里传来，于是你慢慢地直起身子来，极度痛苦地抓住你火辣辣的屁股，用双手紧紧捧住，踮起脚一跳一跳走出房间。

　　这根残酷的教鞭统治着我们的生活。熄灯以后在宿舍里说话要挨打，班上讲话要挨打，功课做得不好要挨打，书桌上刻字要挨打，爬墙、样子邋遢、丢弃回形针、晚上忘了换上屋子里的鞋子、忘了把运动服挂起来要挨打，特别是对任何师傅（那个时候我们不叫他们老师）有最最微小的冒犯要挨打。换句话说，对我们小男孩来说很自然要做的每一件事情，都要挨打。

所以我们说话要特别留神，走路要特别留神。我的天哪，我们走路是怎样留神啊！我们变得令人难以相信的警觉。每当我们走路的时候，我们小心翼翼地竖起耳朵，生怕遇到危险，好像野兽轻轻穿过树林一样。除了师傅以外，学校里还有一个人物，吓得我们不轻，那是波普勒先生。波普勒先生是个大腹便便、脸色红得发紫的怪人，他是看门人，也是锅炉房监管和干一般零活的人。他的权力来源于他能（而且肯定做到竭尽所能）向校长报告我们细小的过错。波普勒先生最最得意的时刻是每天早晨七点整，他站在长长的主走廊上摇铃，那铃大得出奇，是铜做的，有一个粗粗的木柄。波普勒先生摇铃的方式也别具一格，他伸长手臂前后挥舞，发出哐啷啷、哐啷啷、哐啷啷的声音。听到这个铃声，学校里所有的男孩，一共一百八十个，都会轻快地移动过来，在靠墙的两旁排成队，站得笔挺，等候校长前来检查。但是至少要过去十分钟，校长才到场。波普勒先生要举行一个仪式，对这一天来说，这个仪式是非常特别的。学校里有六个实验室，每扇门上分别有一到六的号码。波普勒先生站在长廊的尽头手里拿着六个小小的铜盘，每个上面都有号码，从一到六。当他的眼睛扫视下来，扫视两排站得笔挺的男孩时，

他会喊出一个名字："阿克尔！"

阿克尔会出列快步走下走廊，到波普勒站的位置。波普勒先生递给他一个铜盘，阿克尔就会大步走过整整一条走廊，经过所有一动不动的男孩，然后向左转，走得看不见了，才被允许看一看给他的铜盘是什么号码。

"海顿！"波普勒先生喊道，现在海顿出列，接过铜盘，大步走开去。

"安吉尔！"

"威廉姆森！"

"刚特！"

"泼雷斯！"

就这样六个男孩被波普勒先生选中，分配到实验室去值班。没有人问他们是不是准备早晨七点半早饭以前端起饭碗。波普勒先生只是简单地吩咐他们这么做。不过我们认为他们被选中那是最大的运气，因为这样一来，校长检查的时候，他们就能太太平平地独自坐在一个谁也看不着的地方。

在这期间，校长从他的私人住处出现，接替波普勒先生，他从走廊的一边慢慢走下来，特别仔细地检查每一个男孩，一边走一边系手表上的带子。早检查是一段让人气馁的经历。我们每个人都要被一对浓眉下两只目光尖锐的棕色眼睛看得魂飞魄散。这道目光老是在我们全身上上下下扫来扫去。

"去把你的头发梳好，下回不要再发生这种事，要不你会倒霉的。"

"让我看看你的手，你手上都有墨水。为什么昨天晚上不洗干净？"

"你的领结歪了。出列重新打一下，这回要打得像模像样。"

"我能看到你鞋子上有泥巴，难道上个礼拜我没有跟你说过？早饭以后到我书房里来见我。"

那恐怖的早检查就这样进行下去。当全都结束以后，校长走开，波普勒先生才开始让我们排了队踏步进入饭厅，我们大多数人对就要送上来的结块的麦片粥已经失去了胃口。

我至今还保留着五十多年以前那些日子里我所有的成绩报告单。我一张张检查，看看是不是能找到一点迹象

预示我将来会成为写小说的作者。要看的课目显然是英语作文。但是我所有的预备学校的成绩单在这个课目下都是平平常常，没有什么值得关注，只有一张例外。那张吸引我眼睛的成绩单上标的日期是1928年上学期。那时我十二岁，我的英语老师是维克多·考拉多。我记得很清楚，这是一个高高的身强力壮的人，黑黑的波浪式的头发，有一个罗马人的鼻子。（后来有一天晚上他跟女舍监戴维斯小姐私奔，从此我们再也没有见过他们俩。）碰巧，考拉多先生教我们英语作文，也教我们拳击，因此英语课目下有这样一段特殊的报告："请看拳击课目的报告，所用的评语完全相同。"因此，我就去看看拳击课目下的评语，那儿写道："太缓慢，太笨拙。他的出拳时机没有选好，很容易被人识破。"

但是在这所学校，每星期有那么一次，也就是每个星期六上午，每个美丽的让人愉快的星期六上午，所有令人发抖的恐惧都会烟消云散，有那么非常开心的两个小时，我会体验到某些几乎接近欣喜若狂的感觉。

很不幸这种事情不到十岁还碰不到，不过不要紧，让我想办法告诉你，这是什么样的事情。

每星期六上午十点三十分整，波普勒先生地狱般的铃声就会哐啷啷响起，这是下面这件事情就要发生的信号。

　　首先，所有的九岁和九岁以下的孩子（一共有七十个）要立刻到大门口柏油操场后面的主建筑那儿。那个女舍监两腿分开，双臂合抱在她那山一样的胸部上。要是下雨的话，那些孩子要穿着雨衣到那儿，要是下雪或刮暴风雪，那得穿大衣、戴围巾。当然，孩子们还得戴一顶学校的灰色帽子，胸前别一个徽章。但是如果没有上帝下令，即使刮龙卷风或飓风，或者火山爆发，这星期六上午两个小时的散步也决不允许停止。星期六上午，散步活动是七岁、八岁、九岁的小男孩沿着当地经常刮大风的广场进行的。他们两人一排排成纵列前进。戴维斯小姐穿着粗花呢的裙子和羊毛袜子，还戴着一顶呢绒的帽子，那帽子我可以肯定它被老鼠啃过。

　　当波普勒先生的铃声在星期六上午摇响以后，另一件事情就会发生，其余男孩——十岁和十岁以上的大男孩（总共一百个）马上到大礼堂坐下来。一个年轻的师傅会在门口探头探脑凶巴巴地喊叫，唾沫星子会像子弹一样从他嘴里喷出，纷纷落在门上的窗框上。"行啦！"他嚷嚷道，"不许说话！不许动来动去！眼睛看着前面，双手放在桌子上！"这时他会喷出另一阵唾沫星子的子弹来。

　　我们全都静静地坐着等候。我们都知道一个可爱的时刻很快就要到来，我们都在等这一时刻。外面汽车道上的汽车都在发动，全都是老爷车，全都得用曲柄启动（别忘记当时是1927年到1928年）。这是星期六上午的老规矩，一共有五辆车子，我们学校所有的教职工都要挤进里面去，不仅包括校长本人也包括紫色脸颊的波普勒先生。接着他们就在一阵蓝色烟尘和一阵轰隆声中离去，停靠在一家酒店外面。那家酒店我记得一清二楚，叫"络腮胡子伯爵"。他们留在那儿一直到吃午饭以前，喝一大杯很浓的棕色淡啤酒。两个半小时以后，我们会看到他们回来，小心翼翼地走进餐厅，一路扶着一切可扶的东西。

　　那些师傅可以说的就是这些。至于我们呢，一大堆十岁、十一岁、十二岁的男孩，坐在学校的大礼堂里，突然整个地方，没有一个成年人留下，会怎么样？我们当然知道得很清楚，接下来会发生什么样的事。我们会听到前门被打开了，传来了脚步声，紧接着传来一阵宽松的衣服翻飞的声音、首饰的锵锵声和头发四散飞舞的声音，一个妇女会一边叫，一边冲进礼堂："哈喽，诸位！高兴起来！这不是什么葬礼！"说话的是奥考诺太太。

　　给人带来愉快的美丽的奥考诺太太，穿着古怪的衣服，她的头发朝四面八方乱飞乱舞。她大约五十岁，长着一张马脸，一口长长的黄牙，不过在我们看来，她很美丽。她不是学校的教师员工，她是从镇上什么地方被雇来临时照管我们的，好让我们在师傅们到酒店里痛饮的两个半小时里保持安静。

但是奥考诺太太并不是一个照管孩子们的保姆，而是一个很了不起的极有天赋的教师、学者和一个英国文学爱好者。我们每个人三年里的每个星期六上午都跟她在一起（从十岁一直到我们离开那个学校），在这段时间里，我们跨越了从公元597年到19世纪早期的整个英国文学史。

每一个新来班级的人，她都会发给他们一个薄薄的蓝本。那个本子简单叫作年代表，只有六页。这六页包括了以年代为序的一个长长的单子，凡是英国文学重要的和不那么重要的里程碑都在里边了。奥考诺选了足足一百多个，我们都标在了我们的本子上，而且记在了心里。这里

有一些我至今还记得：

公元597年 奥古斯丁登陆英国并把基督教带入英国

731年 比德《英吉利教会史》

1215年 《自由大宪章》签字

1399年 兰格伦《农夫皮尔斯》

1476年 卡克斯顿在西敏寺教区设立英国第一家印刷所

1478年 乔叟《坎特伯雷故事集》

1485年 马洛礼《亚瑟王之死》

1590年 斯宾塞《仙后》

1623年 《第一对开本——莎士比亚全集》

1667年 弥尔顿《失乐园》

1668年 德莱顿《论戏剧诗》

1678年 班扬《天路历程》

1711年 艾迪生《旁观者》

1719年 笛福《鲁滨孙漂流记》

1726年 斯威夫特《格列佛游记》

1733年 蒲柏《人论》

1755年 约翰逊《英语大辞典》

1791年 鲍斯威尔《约翰逊传》

1833年 卡莱尔《旧衣新裁》

1859年 达尔文《物种起源》

......

奥考诺太太会轮流换一个题目，在星期六上午花费整整两个半小时，跟我们谈这些内容。因此，在这三年之中，大约每学年三十六个星期六，她谈了大约一百个题目。

这些内容多么奇妙，多么有趣动人！她有了不起的教书窍门，能使她说的每一句话都在大礼堂里的我们面前栩栩如生。在两个半小时里，我们对兰格伦的农夫皮尔斯变得喜爱有加。到了下一个星期六，我们对乔叟也那么喜爱。甚至后来谈到弥尔顿、德莱顿和蒲柏，我们听起来有些困难，但是当奥考诺太太先告诉我们他们的生活，还向我们朗读部分作品时，我们还是听得非常兴奋激动。所有这一切的结果，对于十三岁的我来说，就是对英国在几个世纪里建立起来的巨大文学遗产有了实质性的认识。我也成了一个对好作品如饥似渴、永不满足的读者。

亲爱的奥考诺太太多么可爱！光是能享受她那星期六上午的愉快时光，我也觉得上过那个可恶的学校也算值了。

到了十三岁我离开了预备学校，被送到我们英国一

所有名的公立寄宿学校。这种学校当然根本不是什么公立的，还特别私立，学费特别贵。我的那所叫雷泼顿，在坎特伯雷。那个时候我们的校长是里弗伦特·乔弗里·菲什，后来成为切斯特主教、伦敦主教，最后成为坎特伯雷大主教。在他最后的任职期间，他曾为伊丽莎白二世在西敏寺大教堂举行过加冕典礼。

在那个学校里，我们的校服使我们看上去像是殡仪馆的助手。我们的夹克衫前面去掉一块，后面挂着一个长长的尾巴，一直挂到膝盖后面以下；裤子是黑的，系着细细的灰皮带；鞋子也是黑的；还穿着一件黑背心，早上要系上十一颗纽扣；领结当然也是黑的。然后是浆得硬硬的蝴蝶式领子和一件白白的衬衣。

最最奇怪也是最最滑稽的地方，就是我们在户外的时候，除了运动和游戏，总得戴着一顶草帽，因为这顶草帽一下雨就要湿透，所以，我们天气不好时总还打着一把雨伞。

你能想象，当我十三岁那年母亲带我坐火车到伦敦，开始我的第一个学期时，我对那套像化装服一样的服装会有什么样的感觉。母亲跟我吻别以后，我像逃走一样走开了。

我自然希望我那长期受苦的屁股在一所更成人的新学校里能得到休息，然而并非如此。在雷泼顿，鞭打比我在任何地方所经受过的都要凶狠和频繁。而且你不要有片刻时间以为未来的坎特伯雷大主教会反对这种恶劣的做法。他卷起袖子，会兴致勃勃地参加进来。他是最凶的那一类，有时候真是可怕。有些鞭刑由这位圣徒执行，这位英国教会的领袖十分残忍。据我所知他有一次不得不拿一盆水、一把勺子和一条毛巾给受刑的人，让他洗掉自己的血。

这可不是开玩笑的。

那有西班牙宗教法庭的影子。

不过所有这一切最最可恶的，我认为就是允许高年级的学生鞭打同学。那是天天都会发生的——那些大孩子（年龄十七或十八岁）肆无忌惮地打起那些小男孩（年龄十三、十四、十五岁）来。晚上我回到宿舍穿上睡衣以后，宿舍里开始举行这种施虐狂的仪式。

"你到下面更衣室去。"

我心情沉重地穿上睡衣拖鞋，然后跌跌撞撞地走下楼，到一间木头地板的大房间，那里四面墙上都挂着运动服装。天花板上只有一个光秃秃的电灯泡。一个学长，一

个很自负很危险的家伙正在房间中央等我。他的手中拿着一根长长的鞭子，我进去的时候，他通常让它弹上弹下，威势十足。

"我想你知道为什么要你到这儿来。"他会这样说。

"呃，我……"

"你一连两天烤焦了我的吐司面包！"

让我解释一下这句滑稽可笑的话。我是这个学长的奴仆，这就是说我是他的仆人，许多义务中的一个就是每天喝茶的时候我要为他烤面包。为了这个我得用一个长长的三个尖齿的吐司叉子，把面包叉在叉子头上，把叉子举到敞开的火炉前，先烤一面，再烤另一面。但是允许我们烤吐司面包的只有图书馆的一只火炉，当喝茶临近的时候，挤在小小的火炉前抢占位置的可怜奴仆从来就不止十几个。我又不擅长干这个活，我通常把面包举得太靠近火，往往把吐司烧着。可是我们又决不允许索要第二片，重新烤一烤。唯一能做的就是用刀子刮掉烤焦的部分。这个你很少能混过去，学长都是检查烤焦吐司的行家。你可以看到折磨你的人高高地坐在桌边，夹起他的吐司面包，翻过来仔细检查，好像它是一幅小小的极有价值的画。然后他会皱起眉头来，你就知道你要倒霉了。

现在到了深夜，我下楼到了更衣室，穿着晨衣和睡衣，那个吐司被我烤焦了的学长就会告诉我我犯的是什么罪。

"我不喜欢烤焦的吐司。"

"我举得太近了，我很抱歉。"

"你要怎么来？穿着晨衣打四下，还是脱掉打三下？"

"穿着打四下。"我说。

问这个问题是一个规矩。受罚的人往往要做出一个选择。但是我的晨衣是厚厚的棕色骆驼毛制成的，因此在我的脑子中，毫无疑问这是更好的选择。只穿睡衣挨打是一个非常痛苦的经历，你的皮肤往往会被打烂。我的晨衣可以不让这种事发生。学长当然很清楚这件事，因此当你选择不脱晨衣多挨一下打时，他打你的时候会使出浑身力气来，有时候他会来一个小小的助跑，踮起脚尖着着实实跨上三四步，借这股势，猛扑上来下鞭子，不过无论用这种方式或那种方式，都是很野蛮的事情。

在古代，当一个人要被吊死的时候，整个监狱都会一片寂静，其他犯人都会静静地坐在他们的牢房里，直到死刑执行完毕。当鞭打执行的时候，学校里也发生同样的

事情。楼上宿舍里男孩们都静静地坐在床上，同情挨打的人。一片寂静中，一下下噼啪声会从楼下更衣室传来。

我在学校的期末成绩报告单很有趣，一共有四份，那是从原件上一字一句抄下来的：

夏季学期，1930年（我十四岁）英语作文。"我从来没有遇到过一个男孩坚持写出来的东西跟他想写的东西，意思完全相反。他似乎无法在纸上整理他的思想。"

春季学期，1931年（我十五岁）英语作文。"一个顽固的敷衍了事的人。词汇可有可无，句子结构很差。他使我想起一只骆驼。"

夏季学期，1932年（我十六岁）英语作文。"这个男孩是一个懒惰的人，班级里最最文理不通的人。

秋季学期，1933年（我十七岁）英语作文。"一贯懒散。思想有限。"（这张报告下面，未来的坎特伯雷大主教用红墨水写道："他必须改正这张单子上的污点。"）

毫不奇怪，在那些日子里成为一个作家的想法从来就没有进入过我的脑子里。

1934年我十八岁，离开了学校。我拒绝了母亲要我上大学的建议（我父亲在我三岁的时候就已死去）。除非成为医生、律师、工程师或其他专业的人，我看在牛津或剑桥浪费三四年时间，没有多大意思，我至今持这种观点。另外，我一心想到国外去旅游，见识一些遥远地方的土地。在那个年代几乎没有商业飞机，旅行到非洲跟远东要好几个星期。

所以我在壳牌石油公司东方总部找到了一个工作，这家公司答应我，在英国受训两三年，我会被派到外国去。

"哪个国家呢？"我问。

"那谁知道？"那人回答道，"当你的名字到了名单上的头几个时，要看什么地方有空位。可能是埃及，或是中国，或是印度，全世界任何地方都有可能。"

这听上去很有趣，它确实也很有趣。轮到派我出国那是三年以后的事情。有人告诉我那可能是东非。热带的服装已经定做好，我母亲帮我打包行李。我在非洲的服务期是四年，然后允许我回家休假六个月。我那时二十一岁，要出发到遥远的地方去，我觉得自己很了不起。我上了伦敦码头的船，轮船起航出发了。

整个航程有三个半星期。我们穿过比斯开湾，在直布罗陀停靠过。我们途经马耳他、那不勒斯、塞德港，开往地中海。我们穿过苏伊士运河，到红海，然后到亚丁。那

实在太刺激了！因为我头一次看到大沙漠，看到阿拉伯士兵骑在骆驼背上，看到长满椰枣的椰枣树，看到飞鱼以及成千上万了不起的事物。最后我们到了肯尼亚的蒙巴萨。

到了蒙巴萨，有一个壳牌公司的人上船来告诉我，我必须转乘近海航行的小船，到达累斯萨拉姆，那是坦噶尼喀（现在的坦桑尼亚）的首都。因此，我就到达累斯萨拉姆去，中途还在桑给巴尔停靠过。

接下来两年，我为坦桑尼亚的壳牌公司工作，总部设立在达累斯萨拉姆。这是非同寻常的生活。热是热得够呛，不过谁在乎呢？我的服装是卡其短裤、一件开衫和一顶软木帽。我学斯瓦希里语，开车到内地去探访钻石矿、波罗麻种植园、金矿和别的所有地方。

那里遍地都是长颈鹿、大象、狮子、羚羊，还有蛇，包括黑曼巴蛇，这是世界上唯一看见你就要追你的蛇，而且万一你给它追上咬了一口，你最好马上就做祷告。我学会在穿上防蚊靴以前先把它们倒过来摇一摇，生怕里边有蝎子。我也跟其他所有人一样，生过疟疾，躺了三天，发烧发到华氏105.5度（相当于40摄氏度）。

到了1939年9月，跟希特勒德国打仗的日子就要开始了。坦噶尼喀在二十年以前曾经叫过德属东非，至今到处

都是德国人。他们开的商店、矿和种植园遍布这个国家。战争爆发以后，我们要把德国人赶在一起，但我们在坦噶尼喀谈不上有什么军队，只有几个土著士兵，还有少数军官。因此，我们所有的老百姓都成了特别预备队员。他们给我一个臂章，让我负责二十个非洲士兵，我跟我那支小小的军队封锁坦噶尼喀南边通向中立的葡萄牙的非洲道路。这是一个很重要的任务，因为宣战以后大多数德国人都打算通过这条路逃跑。

　　我带着我快乐的一伙人，带着来福枪和一把机关枪在公路通向茂密丛林的地方设起路障。我们有一部可以跟总部通话的野外电话，什么时候宣战，它会马上告诉我们。我们安顿下来等待。晚上的时候，从我们四周的丛林里传

来土著人的击敲声，那是非常怪诞的催眠节奏。有一次我游荡到黑暗的丛林里，遇到五十几个土著人，蹲在一堆火周围，一个人在敲鼓，有些人在火堆边跳舞，有些人在用椰子壳喝酒。他们欢迎我到他们的圈子里。他们都是些可爱的人。我用他们的语言跟他们交谈。他们给我一椰子壳酒，这是一种很浓的灰色饮料，由玉米发酵而成。我要是没有记错的话，它叫庞巴，我喝了，那味道实在太可怕了。

第二天下午野外电话响了，传来一个声音："我们已经向德国宣战。"不过几分钟的时间，我看见很远的地方有一排汽车扬起很高的尘土，朝我们这边拼命开来，冲向葡萄牙东非中立的领土。

嘿，我想，我们要有一个小小的战斗了！我召集我的二十个非洲士兵做好准备。但是结果没有战斗发生。德国人终究都是镇上的老百姓，他们看见我们的机关枪和来福枪，很快就投降了。不到一个小时，我们就俘虏了一两百个德国人。我对他们感到很遗憾。我自己知道，他们许多人都像钟表匠威廉·欣克和苏打水工厂的赫曼·希内特一样是好人，他们唯一的罪行就是他们是德国人。但这终究是战争，所以在凉夜里，我们把他们全都赶回达累斯萨拉姆并关进了由铁丝网围住的巨大的集中营里。

第二天我坐上我的旧车子，往北开，前往肯尼亚的内罗毕，去参加皇家空军志愿后备队。这一段路很不好走，花了我四天时间，丛林道路崎岖不平，河道都很宽阔，我不得不把车子放在木筏上，由渡口的人用绳子把木筏拉过去。长长的绿蛇在你车前游过。（注意：你千万别想从一条蛇身上碾过去，因为它能高高蹿起，然后在你敞开的车子里着落。这种事发生过好几回。）我晚上睡在车子上。我在美丽的乞力马扎罗山下经过，它的头顶戴着一顶雪白的帽子。我开车经过马萨伊，这个地方人们都饮牛血，个个似乎都长到七英尺高。我在赛林格蒂草原上差一点让一只长颈鹿撞到。不过最后我还是安全到达了内罗毕，向飞机场上的皇家空军志愿预备队总部报到。

有六个月的时间，他们在一种叫"虎蛾"的小飞机上训练我们，这段日子也非常愉快。我们坐在小小的"虎蛾"上掠过整个肯尼亚，我们看到一大群一大群大象，看到在那果罗湖上的粉红色火烈鸟，看到我们想在这个地方看到的所有东西。往往在我们起飞以前，我们不得不赶跑在起飞跑道上的斑马。在内罗毕把我们训练成飞行员的一共有二十人，他们中的十七人后来都死在战争中。他们又

被从内罗毕派往伊拉克，在一个荒凉的空军基地完成对我们的训练。那个地方叫哈巴尼亚，到了下午变得那样热（阴凉的地方都有华氏130度），他们也不允许我们出小屋。我们只是躺在床上出汗。不幸的人得了热病，被抬到医院里去，敷冰好几天。这样做可能会杀死他们，也可能救了他们，死去和得救各有百分之五十的机会。

在哈巴尼亚，他们训练我们驾驶动力更强的飞机，上面有枪炮，然后他们又让我们练习射击浮标（是一种空中目标，由别的飞机拉在后面）和地面目标。

最后我们的训练完成了，我们被派往埃及同利比亚西沙漠的意大利人作战。我参加80中队，那中队战斗机很少。起先我们只能开老式单座双翼机——格洛斯特斗剑士。有两门机关枪安装在"斗剑士"发动机两侧，信不信由你，它们是通过螺旋桨发射子弹的。机关枪不知怎么一来，跟螺旋桨的车轴同步，所以理论上子弹不会打到旋转的螺旋桨。不过你猜也猜得到，这种复杂的机械装置往往出错，可怜的飞行员想打一下敌人，却打掉了自己的螺旋桨。

我在一架"斗剑士"上被击落，飞机坠落在利比亚两条敌对战线之间。我们的士兵在黑夜的掩护下，爬过沙漠，最终把我救下，带回了安全地带。

那次坠机使我头盖骨破裂，身上多处烧伤，我被送到阿力山大医院休养了六个月。1941年4月我出院，我的中队已经转移到希腊打德国人去了，那时德国人从北边入侵希腊。他们给我一架"飓风号"，让我从埃及飞到希腊去加入80中队。可是"飓风号"战斗机跟"斗剑士"战斗机根本不同，它有八部勃朗宁机关枪，每翼四部，当你按下操纵杆上小小的按钮时，八部机关枪同时开火。这是一架相当不错的飞机，只是只有两个小时的飞程。到希腊的航程，如果中间不停的话，要开五个小时，而且差不多都在水域上方飞行。他们在机翼上放上了额外的油箱，他们说我能行的。结果我果然做到了，不过只是刚刚做到。当你身高有六英尺，弯腰曲背在小小的机舱里，一坐就是五个小时，那可不是开玩笑的。

在希腊皇家空军志愿预备队一共有十八架"飓风号"战斗机。德国人至少有一千架飞机可以作战，我们的日子很不好过。我们在雅典外围的埃莱夫西斯机场起飞，飞

一会儿，到西边曼尼蒂的一个小小秘密跑道降落，德国人很快知道了这个跑道，把它炸得粉碎。所以我们只剩下了几架飞机，起飞到阿各斯的一个小机场降落。那是希腊南部，我们的"飓风号"不起飞的话，便藏在橄榄树下。

不过这也不可能长久。很快我们只剩下五架"飓风号"，还活着的飞行员也不多了。这五架"飓风号"飞到了克里特岛，这个岛被德国人占领了，我们几个人逃了出来，我是这些走运的人中的一个。回到埃及以后，我的中队重新建立起来，重新配备了"飓风号"。我们被派往海法，那里在那时候的巴勒斯坦地区（现在的以色列），我们在那里重新跟德国人打仗，还跟黎巴嫩和叙利亚的法国维希部队作战。

就在这个时刻，我头上的老伤又重新发作，严重的头疼迫使我停止飞行。我被作为伤员送回英国，坐上一艘从苏黎世到德班、到开普敦、到拉各斯，再到利物浦的运兵船。在大西洋我们被德国人追赶，航程的最后一个星期天被远程的福克·沃尔夫飞机轰炸。

我离开家已经四年了。我母亲在肯特的老家已经在伦敦大轰炸时被炸掉了，她现在住在白金汉宫郡一个小小的草屋里。她很高兴见到我。我的四个姐姐和哥哥也是如此。我有一个月的假期。然后我突然收到通知，我被作为武官随员派往美国的华盛顿。那是1942年1月。早在一个月以前，日本轰炸了珍珠港的美国舰队，因此那时候美国也参战了。

当我到达华盛顿的时候，我二十六岁，还没有过成为作家的念头。

那是我坐在英国大使馆新办公室里的第三天，在我正不知道自己在这个世界上究竟准备做些什么的时候，我的门被敲响了。

"进来。"

一个小个儿的人戴着一副钢边眼镜拖着脚走进了房间。"打扰了，请原谅。"他说。

"你一点也没有打扰我，我没有在做什么事情。"

他站在我面前，看上去很不自在，好像觉得来的不是地方。我以为他可能是来找工作的。

"我的名字叫C.S.福雷斯特。"

我差一点从我的座位上跌下来。"你没有在开玩笑？"

"对，"他说着笑了起来，"那真的是我的名字。"

真的是这样，他是那位伟大的作家本人，那个"吹号

队长"的创作人，在约瑟夫·康拉德之后写海洋题材最最畅销的作家。我请他坐下来。

"你瞧，"他说，"要打仗我是太老了。我现在住在这儿，唯一能做的事情就是为美国报纸杂志帮助英国人写些东西，我们需要美国人能给予我们的一切帮助。一个名叫《星期六晚刊》的杂志登载我写的所有的故事。我跟他们签了一个合同。我到你这儿来，是因为我想你可能有一些好故事要讲，我的意思是一些飞行员的故事。"

"还有一大堆飞行员比我射下更多的飞机呢。这些飞行员还不止几千人呢。"我说。

"那不要紧，"福雷斯特说道，"你现在在美国。因为你在那里战斗过，所以你是大西洋这边不寻常的人物，别忘了他们刚刚参战。"

"你要我干什么？"我问。

"来跟我一起吃午饭，"他说，"吃饭的时候你可以把一切都告诉我。你可以告诉我你最最刺激的冒险，我把它们写下来，给《星期六晚刊》。每一个细节都很有用。"

我很兴奋，以前我从来没有遇到过有名的作家。我仔仔细细打量这个坐在我办公室里的人。使我感到惊奇的是，他看上去十分平常，没有一点点惊人之处。他的脸，他的谈吐，他那副眼镜后面的眼睛，甚至他的服装都极其平常。然而这确实是一个小说作家，在全世界都出了名。他的书几百万人都曾经读过。我真希望有一些火花从他的脑袋里射出来，怎么说他至少也应该穿着一件长长的绿色斗篷，戴一顶耷拉下来的宽边帽。但是这些都没有。

那个时候我才头一次理解一个小说作家总有两个方面。第一个方面，他展示给公众的是一个普通的人，跟任何人一样，是一个做普通事说平常话的人。第二是他关上工作室的门以后才会表现出来的秘密方面，只有这时他才完全溜进另外一个世界。在这个世界里，想象主宰着一切，他发现他其实生活在当时他正在写的世界里。如果你想知道那是什么感觉，我可以告诉你我写作时的经历，好像什么事情都从周围消失了，我只看见我的笔尖在纸上移动，往往两个小时就像一两秒钟一样过去了。

"来吧，"福雷斯特对我说，"让我们去吃午饭。你好像并没有别的事情要做。"

当我跟那个伟大的人肩并肩走出大使馆的时候，我激动得思绪翻腾。我读过所有写吹号人的作品，也知道他写过的所有作品，我至今对航海方面的小说有巨大的爱好，

我读过所有康拉德和玛丽安特（另一个杰出的航海方面的作家）所有的作品（包括《军官学校学员不费劲先生》、《从爆破工到海军上将》等等），而现在跟我在这儿共进午餐的人，在我的脑子中也同样了不起。

他带我到一家很小但是很豪华的法国餐厅去，那个地方靠近华盛顿的五月花旅馆，他订了一份特别昂贵的午餐，然后他拿出一本笔记本和一支铅笔（在1942年圆珠笔还没有发明），把它们放在桌布上。"现在，"他说，"你告诉我你在驾驶战斗机时遇到的最最激动、最最可怕和最最危险的事情。"

我讲开了头。我从我在西沙漠被击落讲起，那飞机被烧成一片火海。侍者在这个时候端来两盘烟熏鲑鱼，当我们想吃的时候，我正好想说话，福雷斯特也正好拿出笔记本来。主菜是烤鸭配蔬菜和浇了很多很浓肉卤的土豆。吃这盘东西需要一个人全神贯注地使用双手。我的叙述开始错乱，福雷斯特也不停地放下铅笔拿起叉子，或者放下叉子又拿起铅笔。什么事情都做不好。除此之外，我从来就不擅长大声讲故事。

"瞧，"我说，"要是你愿意，我可以想办法把发生的事写在纸上给你。然后你可以好好地修改，可以在你有空的时候修改。这样不是更容易一些？我可以晚上做这件事。"

然而那时候我还不知道，正是那一刻改变了我的生活。

"这是一个很好的主意，"福雷斯特说，"那我可以放下这本愚蠢的本子，来好好享受我们的午餐了。你真的不介意为我做这件事情吗？"

"我一点也不介意，"我说，"只是你别指望我写得很好，我只是把事实罗列出来。"

"别担心，"他说，"只要有事实，我就能写故事。不过请多给我些细节。我写东西就指望一些细小的细节，就像你左边的鞋子鞋带散了，或者一只苍蝇吃午饭的时候落在你的杯子上，或者跟你说话的人断掉一只门牙。想办法回忆一下，记起每一样东西。"

"我尽力而为。"我说。

他给我一个地址，让我写完了可以寄到那儿去。我一个人住在华盛顿郊区，坐下来写我的故事。我大约七点钟开始，到半夜里完成。我记得我喝了一杯葡萄牙白兰地，让自己有精神写下去。

我一生中头一次能全神贯注在我做的事情上。我的

记忆一下子飘回到极其炎热的利比亚沙漠，脚下的沙子全是白色的，我爬进老式"斗剑士"的机舱，给自己系好带子，调整好头盔，发动马达准备滑行起飞。样样事情回忆起来历历在目真让我吃惊。我把它们写在纸上并不困难。故事好像自己在讲述，握在手里的笔很快在一张张纸上前后移动。当它结束的时候，我只是为了开玩笑，给它起了一个标题：《小菜一碟》（像吃一块蛋糕一样容易）。

第二天大使馆有个人替我把它挨个字打出来，我就送给了福雷斯特。之后我根本就忘了这件事。

整整两个星期以后，我接到了那个伟人的答复。上面写道：

亲爱的罗尔德·达尔：

你原本打算给我一些笔记，而不是已经完成的故事。我大吃一惊。你的作品非常了不起，那是一个天才作家的手笔。我没有动过一个字，马上以你的署名寄给了我的代理人哈罗德·马特森，请他把你的作品寄给《星期六晚刊》，并附上我的推荐。《晚刊》马上就接受了它，并且付了一千美金的稿费，你听说这个消息一定很高兴。马特森先生的回扣是百分之十，我把他九百美元的支票送上给你。《晚刊》还问你愿不愿意为他们写更多的东西。我很希望你愿意。你不知道你是一个作家吗?

送上我衷心的希望和祝愿。

福雷斯特

《小菜一碟》刊在这本书的最后。

啊,我的天哪!九百美元!而且他们就要把它印出来了!这件事肯定不可能像所有的事情一样那么容易。

但说来够怪的,它果然很容易。

我写的第二个故事就是小说了,那是我编出来的。不要问我为什么这样做,马特森先生也卖掉了它。在接下来的两年里,在华盛顿的许多夜晚,我写了十一个短篇小说,都卖给了美国的杂志。后来他们还出版了一本小书,名

叫《到了你头上》。

在这个阶段初期，我也尝试写过一个为儿童写的故事，名叫《小妖精》。我相信这是头一次给故事起这个名字。在我的故事中，小妖精们是些住在皇家空军志愿后备队的战斗机和轰炸机中的小人，所有战斗中发生的打出弹孔、烧掉引擎和坠机都不由敌人负责，而全由他们负责。小妖精的老婆叫小女妖，他们的孩子叫小机械。尽管这个故事显然出自一个没有经验的作家之手，但它还是被华特·迪斯尼买下来。他决定要把它改编成长篇动画片。不过首先，它在迪斯尼彩画的世界性杂志上发表（1942年12月）。从此以后，关于小妖精的新闻很快就在皇家空军志愿后备队和美国空军中迅速传开，它们几乎成为民间传说……

因为《小妖精》的缘故，我休假三周，不做我在华盛顿大使馆的工作，而被急忙送到好莱坞。他们让我住进贝佛利山豪华的旅馆，给我一辆闪闪发光的大汽车开来开去，全由迪斯尼开销。每天我跟伟大的迪斯尼在他伯班克的摄影棚里为即将拍摄的电影起草故事轮廓。我那时只有二十六岁，因此有胆量做这些事。我在迪斯尼了不起的办公室里出席会议，在那里每说一句话，每提一个建议都被记录下来，打印出来。我在一间间房间里闲荡，一些天才的和喧闹的动画作家都在那里工作。那些人已经创作出《白雪公主》、《笨伯》、《吃奶娃娃》和其他许多奇妙的电影。在那些日子里，只要这些疯狂的艺术家在做他们的工作，迪斯尼就不在乎他们把摄影棚弄个底朝天，也不管他们做出什么行为。

三个星期结束以后，我回到华盛顿去，把剩下的事留给他们。

我的小妖精故事作为儿童图书在纽约和伦敦出版，里边有迪斯尼的彩色插图。它的书名当然也叫《小妖精》。现在这个版本已经很少，难得碰到，我自己也只剩一本。那个电影也从来没有拍完过。我有一种感觉，迪斯尼对这个特殊的幻想其实不太感冒，这里的好莱坞跟正在欧洲进行的伟大空战离得十分遥远。何况这是一个关于皇家空军志愿后备队的故事，而不是他们同胞的故事。因此，这就更增添了他的为难之处，结果他失去了兴趣，把拍电影的念头完全丢掉了。

我的《小妖精》那本书使我在战时华盛顿的日子里，遇到过一件很不平常的事。埃莉诺·罗斯福在白宫里曾经对她的儿孙们朗读这本书。她显然对这本书很入迷。我被

邀跟她和总统在白宫一起进餐。我去了，激动得浑身发抖。我们过得非常开心。后来我被再次邀请，信不信由你，在白宫里，我曾经在罗斯福休息的时候，跟他一起单独度过很多时刻。我坐在他身边，他在为星期天午餐调马提尼鸡尾酒，他会说一些这样的话："我刚才跟丘吉尔先生通过一个有趣的电话。"接着他会告诉我，他们说了些什么，可能是关于轰炸德国、击沉德国潜艇的计划。我会尽量显得镇静，摆出一副聊天的样子，其实我感到很震撼，我知道这个世界上最最强有力的人正在告诉我一些最最机密的事。有时候他开车带我出去，到他的庄园里兜风。我想那是一辆旧的福特车，经过特殊改装，适合他瘫痪的腿。那车没有脚踏装置，所有控制全由双手操纵。他的特工们把他抬下轮椅，送到驾驶座上，于是他就挥手让他们离去，发动车子，沿着窄窄的路开得飞快。

　　有一天在海德花园吃午饭的时候，富兰克林·罗斯福讲了一个故事，使满座的宾客大为震惊。坐在长长餐桌两边的客人大约有十四个人，包括挪威的玛莎公主和几个内阁成员。我们正在吃一道很淡而无味的浇有很浓淡色酱汁的白鱼。突然总统一个手指指着我说："我看今天有一个英国人在这儿，让我告诉你们另一个英国人的遭遇。他是国王的代表，1827年他在华盛顿。"他说了那个人的名字，但是我忘记了。那时他继续说："这个人在这儿的时候死了。英国人为了某个理由坚持要把他送回英国下葬。在当时唯一能做的办法就是把他浸在酒精里。所以尸体被放在一桶朗姆酒里，酒桶捆在纵帆船的桅杆上，那船就起航回国了。在海上大约四个星期以后，纵帆船的船长闻到桶里发出一股最最可怕的恶臭。这股臭味变得那样令人震惊，他们不得不把桶放下来，滚到了甲板上。不过你们可知道它为什么臭得那么厉害？"总统问，他面露喜色，发出他那有名的张着大嘴巴的笑，"我可以清清楚楚告诉你们为什么。有几个水手在桶底钻了一个洞，塞上一个塞

子。每天晚上他们请自己喝朗姆酒。当他们喝完的时候，麻烦也就来了。"富兰克林·罗斯福发出一阵震天响的笑声。桌上的几个妇女脸色都变白了，我看到她们轻轻地把那些放煮白鱼的盘子推开了。

在那些早期的日子里，我写的故事都是小说，除了一个我跟福雷斯特一起写的非小说。非小说的意思就是说写的是真正发生过的事情，这种故事我不感兴趣。我尤其不欣赏描写我自己经历过的东西。这就解释了为什么这个故事很缺少细节。我可以很容易描写像在雅典帕台农神庙一千五百尺高空跟德国战斗机混战或在希腊北部林立的山峰之间追逐"容克-88"之类的故事，但是我不想写。对我来说，写作的喜悦来自于创作故事。

除了这个和福雷斯特一起写的故事，我想我一生中还写过一个非小说的作品。我之所以这样做只是因为那个题材太迷人，我无法抗拒。那个故事叫《密尔顿豪尔的宝藏》。这篇故事也收入了这本书。

所以，你在这儿知道了我为什么成为了作家。要是我不够走运，没有遇到福雷斯特，这种事可能绝不会发生。

现在，三十年过去了，我还在苦干。对我来说，最最重要、也是最最困难的事就是写小说先要找到一个策划方案。好的原始的故事策划是很难碰到的。你很难知道什么时候一个可爱的念头突然掠过你的脑海。可是天哪！当它来的时候，你要双手抓住牢牢不放。窍门就是你要马上记下来，不然你会忘记的。一个好的策划就像是一个梦。如果你不把你的梦在你醒来的时刻写在纸上的话，你可能就会忘了它，你就永远不会再记起来了。

所以关于一个故事的念头一旦冒出在我的头脑里，我就冲去找一支铅笔、蜡笔甚至唇膏——任何可以写字的东西，潦潦草草写下几个字，以便以后能提醒我这个念头。往往一个字就够了。有一次，我独自驾车在乡间公路上，突然想到一个故事，一个人在一幢空房子里被困在两层楼面之间的电梯中。我在车上没有什么可以用来写字的东西。因此我停下车，走了出来。车子的后盖上落满了灰尘，我就用手指写了"电梯"两个字。我一回到家里，就冲到我的工作室里，把这个念头写下来，写在一个红色封面的旧学校练习本上，那练习本封面上标有《短篇小说》的字样。

自从我打算开始认真写小说时，我就有了这个本子，这个本子我数过，有九十八张。差不多每一张的两面都写满了所谓故事的念头。有些个不怎么样，不过每个故事、

每一本儿童书都是从这个旧得不得了的红封面本子里的三四行笔记开始写的。比如：

> 什么是一个巧克力工厂？它制造异想天开、极其了不起的东西，是由一个疯狂的人经营的。

后来就成了《查理和巧克力工厂》。

> 一个关于狐狸先生的故事，他有一个地下管道网，通到乡村每一家商店。到了晚上他就从地板下出来，想拿什么就拿什么。

后来成了《了不起的狐狸爸爸》。

> 牙买加。那个小男孩看到一只大龟被土著抓获，男孩求爸爸买下这只大龟放了它。小孩哭闹爸爸买下了它，接下来怎么样？可能男孩跟大龟走了，跟大龟一起生活。

后来成了《与动物交谈的男孩》。

> 一个人获得了特殊的能力，他能看穿纸牌。他在赌场里赢了几百万。

后来就成了《亨利·休格的神奇故事》（《赌城侠影》）。

有时候这种潦草记下的小东西，会留在本子里四五年派不上用场。不过有希望的小东西最终往往能派上用场。要是它们显示别无他用，那么至少它们也能作为一些细小的线索编进一本儿童书或者一个短篇小说里。当你写起来的时候，这个故事就能构筑并扩展开来。所有好的材料都在书桌上现成就有，但是你有时并不能动笔写它，除非你有一个灵感的启发。没有我那个小笔记本，我可能寸步难行。

7　小菜一碟

——我的第一篇故事（1942）

　　不管事情发生之前，还是事情发生之后，我都记大不清了。

　　那是在福卡降落，那里开轰炸机的小伙子们很热心，在我们加油的时候，让我们喝茶。我记得这些小伙子都很沉默，他们走进用餐帐篷要了茶坐下来喝，什么话也没有说，喝完茶走出去，还是什么话也没有说。我知道他们每个人情绪都很不稳定，因为那时事情的进展不太好。他们不得不经常出机，而且老是不见接替的人前来。

　　我们谢了他们的茶，出去看看他们有没有给我们的"斗剑士"加完油。我记得那时刮起了一阵风，让"停飞关闭机场"的指示牌像指示标一样直竖起来。沙子直扑到我们的腿上，打在帐篷上发出沙沙的声音。帐篷在风里噼噼啪啪，就像推销员噼里啪啦拍着双手一样。

　　"开轰炸机的小伙子们不开心。"彼得说。

"不是不开心。"我回答道。

"那他们一定是气坏了。"

"不，他们吃够了苦头，就是那么回事。不过他们会挺过去的。你看得出他们正在想办法挺过去。"

我们的两架"斗剑士"正停在沙地的两边，后勤人员似乎还在忙着加油。他们穿着卡其衬衫和短裤。我穿着一件薄薄的白色棉布飞行服，彼得穿着一件蓝色的。飞行的时候没有必要穿得更暖。

"那有多远？"彼得问。

"从恰林－克罗斯过去二十一英里，"我回答道，"在这条路的右边。"恰林－克罗斯就是这条沙漠公路分叉的地方，往北就是默沙赫－马特乌赫，意大利军队就在马特乌赫的外围，而且他们打得很漂亮。据我所知，他们还是头一次打得那么漂亮。他们的士气就像一台敏感的测高仪忽高忽低，这会儿它正升到四千公尺，因为轴心国这时正在世界的顶端。我们在四周逛来逛去，等飞机加完油。

彼得说："飞这趟像吃块蛋糕一样容易。"

"是的，应该很容易。"

我们分了手。我爬进我的驾驶舱，我总记得那个帮我绑上皮带的后勤人员的脸，他有了一点年纪，大约四十岁，已经秃顶，只是后脑勺有一撮很整齐的金发。他的脸上都是皱纹，他的眼睛很像是我老奶奶的眼睛。他看上去好像花了一生时间帮助飞行员绑皮带，而他们从来就没有回来过。他站在机翼上拉着我的皮带说："小心，不小心没有任何意义。"

"这趟飞行像吃块蛋糕一样容易。"

"哪有这种事。"

"真的，根本算不上什么。小菜一碟，蛋糕一块。"

接下来的事情我记得不太多。我只记得后来有一阵子，我们从福卡起飞，朝默沙赫飞，猛飞到八百英尺的高度。我想我们看到了右侧的大海。我还想，不，我很确定

海是蓝蓝的，很美丽，特别是朝沙地滚起浪来的地方，从东往西极目望去，形成一条又长又粗的白线。我想我们飞过了恰林－克罗斯，飞在了那个他们说过的二十一英里外的地方，但是我不知道是不是那个地方，我只知道那儿有麻烦，一大堆一大堆麻烦。我知道我们掉了头，然而麻烦更多的时候又飞了回来，最大的麻烦是我要跳伞的时候高度已经不够。从那时起，我的记忆又回到了我的身上。我记得我那飞机的机头突然下降，我俯瞰下去，我飞机的鼻子已经插在了地上，我还看到有一小簇骆驼荆棘独自长在那儿。我记得骆驼荆棘旁边还有几块石头躺在沙子里。那簇荆棘、那片沙子、那几块石头都跳出地面来，朝我扑来。对于那个画面，我记得非常清楚。

接着有一段没有记忆的小小停顿时间，那可能是一秒钟也可能是三十秒。我不知道，我有一个短暂的念头，可能只有一秒钟。接着，我听到右翼油箱砰的一声着火了，后来左边的油箱同样也砰的一声着火了。对我来说，这并不要紧。因为我还坐在那儿，感觉很舒服，尽管有点疲倦。我不能用我的眼睛看，但这也不要紧，没有什么好担心的，一点事都没有。一直到我感觉到我的腿周围热起来，起先只是暖暖的，那也没有什么，但是突然之间热了起来，一股炽热的气体在我腿边上上下下地灼伤我。

我被热得很不高兴，我知道的也仅此而已。我讨厌这种热，蜷起我在座位下面的腿等着。我想身体和大脑之间的电报系统出了点毛病，它似乎工作得不太好。不知怎么的，它告诉大脑的一切和请求指示都慢了点。但我相信信息终究会传到的，我比画着手势说："下面很热，怎么办？左腿和右腿都很热。"大脑很长时间没有回答我，它正在想事情。

接着它很慢很慢，一个字一个字通过电报打了过来："飞机——着了——火，出——去，出——去，出——去。"这个命令传递到整个身体系统，传送到腿部、臂部和身体的所有肌肉，它们开始工作。它们想尽它们的努力，又推又拉，用尽了一切力气，但是不管用。另一条电报来了："出不去，有什么东西牵住了我们。"回答这一条信息可能要花更久时间。所以我坐在那儿等待回答，热的感觉一直在蔓延。有什么东西牵住了我？让大脑去找出来那是些什么东西。那是巨人的手压在我的肩上？那是很重的大石头？一所房子？那是蒸汽压路机？锉屑柜？万有引力？还是绳索？等一下，绳索？这条信息终于送达了，虽然速度很慢。"你的——皮带。解开——你的——皮

带。"我的手臂接到这个命令，开始工作。它们拉扯绳子，可是它们解不开绳子。它们拉扯了又拉扯，力气小了一点，不过，它们在努力地解，只是毫无用处。信息又回来了："我们皮带解得怎么样？"

这回我想我等答复等了三四分钟。匆忙和不耐烦是没有用的，这是件我能确定的事情。但总是花那么长的时间，我受够了，大声说道："讨厌，我要烧着了，我要……"但是我被打断了。回答来了——不，不是它——是的，是它。它慢慢地传来了："拔出——快松开——扣子——你该死的——笨蛋——抓紧时间。"

扣子出来了，皮带松掉了。"现在，让我们出去……"但是我做不到。手臂和腿都尽了最大的努力，还是没有用。最后一条绝望的信息向上闪出，这回它标出"紧急"两个字。

"有什么东西约束着我们，"大脑说，"什么别的东西，重的东西。"

手臂和腿仍然没有挣扎。它们似乎本能地知道，用完最后的力气是没有意义的，它们静静地待着等待答复。哦，大脑花了那么长的时间发送信息，多么紧急的二十、三十、四十秒。双腿还没有真正白热化，肉还没有发出嗞哟的声音，还没有散发出烧焦的味道。不过，过一会儿这一切都会发生的。因为这些老式的"斗剑士"并不像"飓风号"和"火花号"那样是用重压钢制成的，它们有易燃的帆布翅膀，上面绷满极其易燃的绳子，绳子下面又有几百根细小的木棒，是那种你放在木头底下点火用的木棒，只是这些更干更细。一个聪明人会说："我要做一样大东西，它要比世界上所有别的东西烧得更好更快。"如果一个人要使自己更勤恳地专注在这项任务上，他可能会完成一样非常像"斗剑士"那样的东西。

我还坐在那儿等着。然后，突然传来了答复，简短而让人愉快，同时把一切都解释清楚："你的——降落伞——扳开——搭扣。"

我扳开搭扣，解开了降落伞的背带，花了些力气抬起我的身子，从我的机舱边上摔倒出去。什么东西似乎着了火，因此我在沙子上滚了几下，然后手脚并用从火边走开去，躺了下来。

我听到我的某些机关枪弹药因为受热而炸开，我也听到一些子弹砰的打在附近的沙地上。我并不担心它们，我只是听着。

我身上的一些地方开始痛了起来。我的脸痛得最厉

害，我的脸的什么地方有点不对头。发生了什么事？我慢慢地伸出手去摸，脸上黏黏的，我的鼻子似乎不在那儿了。我想摸摸牙齿，不过我不记得那时得出过什么结论了。我想我昏睡过去了。

突然，彼得出现了。我听到了他的声音，我听到他在周围手舞足蹈地大叫大嚷，像个疯子。他还摇晃我的手，说："老天，我以为你还在里边。我从半英里以外拼命地跑来，你没有事吧？"

我说："彼得，我的鼻子出了什么事？"

我听到他在黑暗中擦亮一根火柴。夜晚很快降临了沙漠，一阵沉寂。

"它确实好像不大在那儿了，"他说，"痛吗？"

"别做一个该死的笨蛋，当然很痛啦。"

他说他回他的飞机去从急救包里拿一些吗啡来，不过他很快就回来了，说在黑暗中他找不到他的飞机了。

"彼得，"我说，"我什么也看不见。"

"这是夜里，"他回答道，"我也看不见。"

这时天很冷，冷得刺骨。彼得靠近我的身边躺下，这样两人能保持一点点暖意。每隔一会儿他会说："我从来没有看到过一个没有鼻子的人。"我不断吐出许多血来，每吐一回，彼得就擦亮一根火柴。有一次他给我一支雪茄，不过弄湿了，我说什么也不肯抽。

我不知道我们在那儿待了多久，我能记起的只是一点点。我记得我不断地跟彼得说我的口袋里有一听喉片，他应该来上一片，要不他会感染上喉咙痛。我记得我还问他，我们现在在什么地方，他说："我们在两支军队之间。"接着，我记得听到了英国口音。一支英国巡逻队问我们是不是意大利人。彼得对他们说了些什么，我不记得了。

后来我记得热热的浓汤，满满的一勺，让我吐了。在这整段时间里我一直有一种愉快的感觉，彼得始终在我的身边，这很令人惊奇，他始终做着令人惊奇的事情，从来没有离开我。

这就是我能记起来的所有事情。

那些站在飞机旁的人画完了画，谈起了天气来。

"在飞机上画画。"我说。

"是的，"彼得说，"这是一个很了不起的主意，很奇妙。"

"为什么？"我说，"你就跟我说说吧。"

"那是一些滑稽的画，"他说，"那些德国飞行员看到它们就会哈哈大笑，笑得浑身发抖，就不会射中目标了。"

"哦，胡扯，胡扯，胡扯。"

"不，这是一个了不起的主意。画得很不错，快过来看看。"我们跑向飞机起跑线。"弹，蹦，跳，"彼得说，"弹，蹦，跳，跟上拍子。"

"弹，蹦，跳，"我说，"弹，蹦，跳。"我们一路跳着舞跑过去。

在头一架飞机上画画的人戴着一顶草帽，有一张苦脸，他在临摹杂志上的图画。当彼得看到这幅画时，他说："嘿，小伙子啊小伙子，看看这幅画。"他开始笑起来，先是闷声闷气地笑，很快就发展成捧腹大笑。他用双手同时拍着屁股，继续哈哈大笑，笑得直不起腰来，笑得嘴巴张得大大的，眼睛都闭上了。画画的人的那顶草帽从他头上掉下来，掉在了沙子上。

"那并不滑稽。"我说。

"并不滑稽？"他叫了起来，"并不滑稽是什么意思？看看我，看我笑成这个样子，我打不中任何东西，一辆运草大车、一幢房子，甚至一只虱子都打不中。"他一边在沙子上跳跳蹦蹦，一边发出咯咯的笑声，笑得浑身发抖。然后他抓住我的手臂朝第二架飞机跳着舞跑过去。

"弹，蹦，跳，"他说，"弹，蹦，跳。"

有一个满脸皱皱巴巴的小个儿，正用红蜡笔在机身上写一个长长的故事。他的草帽顶在他后脑勺的正中央，脸上的汗珠闪闪发光。

"早上好，"他说，"早上好，早上好。"他非常优雅地拂去头上的帽子。

彼得说："你别说话。"说着他弯下腰，开始读那个小个子写的东西。彼得一直在上气不接下气地闷声闷气地

笑，看了一会儿，他又重新爆发出大笑来。他身子从这边摇到那边，弯着腰双手拍着屁股，在沙地周围跳起舞来。"哦，天哪！什么样的故事！什么样的故事！什么样的故事！看看我，看我笑！"我看到这个笑话，跟他一起笑起来。我笑得胃都疼了，我倒在地上，滚来滚去，不停地哈哈大笑，因为实在是太滑稽了，别的事情我什么也干不了。

"彼得你真了不起，"我嚷嚷道，"所有那些德国飞行员都能读懂英文吗？"

"哦，见鬼，"他说，"见鬼，停下来，停下你们手里的工作。"所有画画的人都停止了画画，慢慢转过身来，看着彼得。他们踮起脚尖做了一个小小的跳跃，就齐声唱了起来："乱七八糟的东西满天飞，满天飞，满天飞。"他们唱道。

"闭嘴，"彼得说，"我们陷入了困境。我们必须保持镇静。我的大礼帽在哪儿？"

"什么？"我说。

"你能说德语，你必须替我们翻译。"他说。"他会替你们翻译，"他对所有画画的人叫道，"他会翻译的。"

　　这时我看见他的黑色大礼帽躺在沙子里。我的目光扫过去，然后扫回来，又看到了它。这是一顶丝绸的折叠式的大礼帽，歪着躺在沙子里。

　　"你疯了，"我嚷道，"你比魔鬼还要疯。你知不知道你在干什么？你会让我们全都被杀死的。你完完全全、彻头彻尾地疯了！你知道吗？你比魔鬼还要疯狂。我的天哪，你是疯了！"

　　"天哪，你吵得那么大声！你不能这么嚷嚷，这对你不好，"那是一个女人的声音，"会让你浑身发热。"我感觉有人用毛巾擦我的前额。"你不能这样，会浑身没有力气的。"她说。

　　接着她走了。我只看见天空，那是淡蓝色的，没有一朵云，周围全是德国战斗机，四面八方都有。我无处可去，什么也做不了。它们轮流朝我飞过来攻击我，它们飞得漫不经心，一会儿倾斜，一会儿转圈，在空中跳舞。但是我不怕，因为我的机翼上有滑稽的画，我很自信。我想，我要单独跟上百架飞机作战，我要把它们全都打下来，我要在飞行员们哈哈大笑的时候开始射击，这就是我要干的事情。

　　于是它们飞近了。整个天空都是它们。它们那么多，

我不知道该瞄准哪架，该打哪架。它们那么多，在天空布满，像一道黑幕，只有从这里那里的空隙里能看见一小点蓝色透出来。但这已经足够给一条荷兰裤子打补丁了，这才是至关重要的。既然有足够大的目标可以攻击，那就什么都妥当了。

它们还在飞近。它们越来越近，就在我面前，因此，我只看见那些黑色的十字架，衬着那些梅塞施密特飞机的颜色和天空的蓝色凸现出来。我的头很快地转来转去，我看到越来越多的飞机，越来越多的十字架。接着，我除了十字架的两条手臂和蓝色的天空，什么也看不到了。那些手臂上有手，搀在一起绕着我的"斗剑士"转圈跳舞。那些梅塞施密特引擎用低沉的声音快活地唱歌。它们一会儿闪出橘黄色，一会儿闪出柠檬色，这两种颜色到了空中舞台的中央又会分离开来，这时我知道这分别是两架橘黄色和柠檬色的飞机。它们倾斜，它们突然转向，它们踮起脚来跳舞，侧向天空的这一边，又侧向天空的另一边。引擎唱着歌，橘黄色和柠檬色的飞机敲响圣克莱门特的钟声。

但我还是很自信，我能跳得比它们两个好。我有一个更好的舞伴，她是世界上最美丽的姑娘，我望下去，看到她脖子的曲线，她那软软的微微倾斜的肩膀，我还看到她

的两条手臂很纤细，热情地张开着。

突然我看见我的右机翼上有一些子弹孔，我很生气，同时也有点惊慌，不过更多的是生气。接着我很自信，说道："德国人没有幽默感，舞会上总有人没有幽默感。不过没有什么好担心的，根本没有什么好担心的。"

接着我看到了更多子弹孔，我惊慌起来。我把机舱的罩子朝后滑，站起来嚷嚷道："你们这些笨蛋，瞧瞧这些滑稽的画，瞧瞧我机尾上的画，瞧瞧机身上的故事。请看看我机身上的故事！"

可是它们还在飞过来，它们在空中舞台当中两个两个

地轻松地跳舞。一边朝我飞过来，一边朝我射击。梅塞施密特引擎大声地唱着歌："你什么时候付我账？老贝利钟声响起来。"引擎唱起来，它们唱的时候，黑十字架跳起舞来，按音乐的拍子摇摇摆摆。我的机翼上、引擎的外壳上和机身上有了更多的弹孔。

突然我的身上也有了。

但是并没有什么疼痛感，即使我开始旋转的时候也没有。那时我的机翼啪啪啪啪转得越来越快，蓝天和黑海互相绕圈追逐，转到后来没有了天空，没有了海洋，只有闪亮的太阳，但是那个黑十字架还是跟着我下来，还是握着手，我还能听到它们的引擎在唱歌。"这儿来了一支蜡烛点亮你的床，这里来了一把砍刀砍下你的头。"那些引擎唱道。

机翼还是啪啪啪啪，我的周围还是没有天空没有大海，只有太阳。

接着就只有大海了。我看到它在我下面，我还能看到许多白马，我还对自己说："那是驾驭汹涌大海的白马。"那时我知道我的头脑还行，因为我还能说出白马和大海。我还知道剩下的时间不多了，因为那些白马越来越近，越来越大。大海还像一片大海，不像一个光滑平整的盘子。再接下来就只剩下了一匹白马，嘴咬嚼子，疯狂地向前冲，口吐白沫，蹄子踩碎浪花，弓着脖子奔跑。它疯狂地奔驰在大海上，无人骑它，无人控制，这时我能明白过来飞机就要坠落了。

再接下来暖和一点了，已经没有了黑十字架，也没有了天空。周围很温暖，不冷也不热。我坐在一把很大的红色椅子里，椅子由天鹅绒做成。那是一个傍晚，有一股风从后面吹来。

"我在什么地方？"我说。

"你失踪了。你失踪了，相信是被杀了。"

"那我一定得告诉我的母亲。"

"你不能，你不能用电话。"

"为什么？"

"它只能接通上帝。"

"你说我什么？"

"失踪，相信已经被杀。"

"这不是真的。那是谎言，蹩脚的谎言，因为我在这儿，我没有失踪。你只是想吓唬我，你不会成功的，不会成功的。我跟你说，我知道这是一个谎言，我要回到我的中队去！你阻止不了我，因为我这就要去，我要去，你

瞧，我这就去！”

我从红椅子上站起来，开始跑起来。

“让我再看看X光片，护士。”

“在这儿，医生。”这又是那个女人的声音，这时声音更近了，“你觉得今天声音很吵，是不是？让我替你把枕头弄正，你要把它弄到地板上去了。”声音很近，很温和，很好听。

“我失踪了吗？”

“没有，当然没有，你很好。”

“他们说我失踪了。”

“别傻啦，你很好。”

哦，人人都那么傻，傻透了！但那是美好的一天，我不想跑，但是我不能停。我穿过草地不停地跑，我的腿带着我跑，我控制不了它们，好像它们不属于我，尽管我看下去，看到它们属于我，看到脚上的鞋子是我的，我的腿跟我的身体连在一起。但是它们做不了我要做的事情，它们就是越过田野一个劲儿地跑，我不得不跟随它们。尽管田野的某些地方十分崎岖，高低不平，但我从来没有被绊倒过。我跑过树篱，看到一块田野里有几只羊，它们停下吃草，我从它们身边跑过去，他们四散奔逃。有一次我看见我母亲，她穿着一件淡灰色的衣服，正弯着腰捡蘑菇，当我跑过去的时候，她抬起头来一看说："我的篮子差不多满了，我们很快就能回家去了。"但是我的腿停不下来，我不得不继续跑。

紧接着我看到了前面的悬崖，我看到悬崖那边是那样黑。这个悬崖大得出奇，从悬崖过去什么也没有，只有一片黑暗。尽管太阳照耀在我奔跑的田野里，但太阳光到了悬崖边上便停下来熄灭了，再过去便是漆黑一片。那一定是黑暗开始的地方，我想。我又一次尝试停下来，却无济于事。我的腿开始朝悬崖跑得更快，步子越跨越大。我的手向下伸，企图阻止我的腿，抓住我的裤脚管，但是一点也不管用。于是我想摔倒，但是我的腿很灵活，每回我摔出去总是脚尖着地，又继续奔跑。

现在悬崖和黑暗离得近多了，我看得出来。除非我很快停下来，否则我会冲过悬崖边。我又一次企图把自己摔在地上，我又一次脚尖着地，继续奔跑。

我跑得很快，到了悬崖边上，直接冲进了黑暗，开始坠落下去。

起初它还不十分黑，我可以看到悬崖上长着许多小树，我摔下去的时候，伸出双手去抓。有时候我想设法抓

住一根树枝，但它总是马上就断掉，因为我是那么重，坠落速度又那么快。有一次我双手抓到一根粗树枝，那棵树朝前伸出。我听到它的树根一根根啪啪断了，它脱离了悬崖，我继续往下坠落。下面变得越来越黑，因为阳光远在悬崖上面。当我坠落时我睁大了眼睛，我看着黑暗由灰变黑，由黑变成漆黑，由漆黑变成像墨水一样纯粹的墨黑。那种黑我看不见，却用手碰得到。我继续坠落。因为黑暗，因为坠落，到了什么地方我也不知道，做什么事情也没有用，关心什么想什么全都没有用，一切的一切全都没有用了。

"你今天早上很好，好多了。"又是那个女人的声音。

"哈喽。"

"哈喽，我们以为你再也醒不过来了。"

"我在什么地方？"

"在阿力山大医院里。"

"我在这儿多久啦？"

"四天。"

"现在是什么时间？"

"早晨七点钟。"

"为什么我看不见？"

我听到她走近了一点。

"我们刚把纱布绷带暂时缠在你的眼睛上。"

"缠多久？"

"就一阵子。别担心，你很好。你很幸运，你知道吗？"

我用手指摸我的脸，我摸不到，只能摸到别的东西。

"我的脸有什么不对头？"

我听到她走到我床边来，我感觉她的手碰到了我的肩部。

"你说什么也不能再说话了。你不许说话，那对你不好。你只要静静地躺着。你很好。"

我听到她走过地板的脚步声。我听到她打开门，又重新关上了。

"护士，"我说，"护士。"

但是她走了。

罗尔德·达尔有以下身份：间谍、王牌飞行员、巧克力历史学家，以及魔药发明家。他也是《查理和巧克力工厂》《玛蒂尔达》《好心眼儿巨人》和其他许多精彩故事的作者，到今天为止，他依然是世界上最会讲故事的人。